KB098380

프로필 (PROFILE)

임창석

이상 문학상을 수여하는
문학사상에 소설부문 신인상을 수상하며
등단한 소설가이자 정형외과 전문의.
저서로는
빨간 일기장
소설 백의민족
지구의 영혼을 꿈꾸다
등이 있다.

자신의 영혼에
꽃을 주게 만드는
100가지 이야기

자신의 영혼이라는

단어 하나에

관심을 갖는 것 하나만으로도

당신의 본능은

이미 자유와 변화를 꿈꾸고 있는 것입니다.

첫 장을 넘기는 순간부터

당신의 삶의 변화는 시작되었으며,

당신이 꿈꾸는 것들은

벌써 당신의 목록에서

마술처럼 하나씩 열리고 있습니다.

작은 변화를 꿈꾸고 살고 있나요?

활기 있는 삶을 위해 비상하세요!

이제 100가지의

작은 이야기 여행을 시작하겠습니다.

목차

26. 당신은 역사의 한 일부분입니다.
27. 영혼을 감지하는 감각을 사용하세요.
    신세계가 펼쳐집니다.
28. 우주란 모두가 하나이기 때문에
    모든 것을 사랑해야 합니다.
29. 당신은 스스로 행복을 만드는
    강력한 에너지를 가지고 있습니다.
30. 나란 존재, 너란 존재를 벗어나 자유로워지세요.
31. 평범한 삶이 생명체가 누려야 할 기본적인 진리입니다.
32. 자유로움을 컨트롤 할 수 있는 마음속 부레를 만드세요.
33. 이 사회의 모든 시작점은 바로 나입니다.
34. 인생에 3대의 카메라가 필요합니다.
35. 당신은 우주의 완결체입니다.
36. 이 우주에 자신의 소원을 정말 강력하게 외쳐보세요.
    반응을 보일 것입니다.
37. 자신이 가지고 있는 슬픔이란 정말 하찮은 것입니다.
38. 이 세상은 외롭지 않아요.
    우주가 당신을 지켜보고 있어요.
39. 본능이라는 심연 속에서 나와 밝은 세상을 바라보세요.
40. 무한한 상상력을 잃지 마세요.
41. 마음을 열면 목표가 생기게 됩니다.
42. 우주의 기억에 자신의 마음을 새기세요.
43. 후세로 대물림 되는 신비한 흐름 속에
    자신이 기억되도록 해보세요.
44. 항상 중간자적 입장에서 모두를 친구로 만드세요.
45. 물질과 영혼세계의 교차점인 자신이
    우주 주파수를 마음대로 쓸 수 있게 하세요.

46. 육체와 마음의 빛이 발산되도록 열심히 사세요.
47. 빛보다 빠른 속도를 가진 마음을 가진 당신,
    위대한 존재입니다.
48. 자연과의 동화방식을 잃지 말고 영혼을 맑게 하세요.
49. 날마다 새로워지는 당신의 삶을 느껴 보세요.
50. 치우침이 없는 절충선을 찾는 방법도 알아야 합니다.
51. 아름다운 푸른 별을 만드는 교차점이 되세요.
52. 항상 세상을 밝게 보는 눈을 가지세요.
53. 전체를 바라보는 넓은 시야를 가진 눈을 가지세요.
54. 인생의 균형을 잡을 수 있는 평행감각을 활용하세요.
55. 당신에게는 아무도 깨뜨릴 수 없는
    강력한 보호막이 있답니다.
56. 사회가 일으키는
    소용돌이의 흡인력에 빠져들지 마세요.
57. 사회의 흐름을 따라가지 말고
    자신의 흐름을 스스로 만들어 나가세요.
58. 자신의 운명은 바로 자신의 마음에 달려 있습니다.
59. 마음을 항상 새롭게 하여
    건강한 영혼을 탄생시키세요.
60. 생존과 진화를 미끼로 던져준 완벽한 자유를 누리세요.
61. 자신에게 주어진 환경을 남과 비교하며 살아가지 마세요.
62. 자아의 영역을 넓혀 자신의 무대를 넓히세요.
63. 여러분 하나하나가 중요한 지구의 뇌세포입니다.
64. 자연을 벗 삼아 호연지기 정신을 느껴보세요.
65. 사회에 살아있는 에너지를 내뿜으세요.
66. 사회 곳곳에 당신의 생기를 불어넣는
    주관적인 삶을 사세요.

67. 인생의 큰 그림을 그리도록 노력해 보세요.
68. 성취 능력 보다는 인식의 능력에 투자를 하세요.
69. 자신의 질서를 위해 마음껏 뛰어보세요
70. 나라는 존재는
수많은 타인들에 의해서 만들어진 존재이기도 합니다.
71. 자신의 마음속에 존재하고 있는 여백은
무한대로 넓습니다.
72. 자신을 사랑하면서 타인을 사랑하는 그런 사람이 되세요.
73. 맑은 눈으로 세상을 보도록 노력하세요.
74. 인식을 하는 자기와 인식을 당하는 대상 사이의
구별을 없애는 기회를 가져 보세요.
75. 자신만의 인생철학을 만들어 보세요.
76. 순수함으로 진실 어린 자신의 영혼을 찾으세요.
77. 자신만이 간직한 자유의지를 가지고
세상을 변화시켜 보세요.
78. 효율적인 아이디어로
당신의 삶을 더욱 풍부하게 만들어보세요.
79. 아름다운 타인의 삶을
가만히 들여다보는 습관을 가져보세요.
80. 가식적인 호흡방식을,
완벽하게 한 번은 바꿀 필요가 있습니다.
81. 자신의 인생 화두는 자신이 찾아야 합니다.
82. 지구란 이 우주에
새로운 영혼들을 탄생시키는 자궁입니다.
83. 영혼을 항상 보호하고 가꾸는 사람이 되세요.
84. 삶의 무게를
영혼에 나누어 줄 수 있는 시간을 갖도록 해보세요.

85. 자신이 간직한 향기를 은은하게 풍기는 인생을 사세요.
86. 마음을 세상과 함께 공명시키는 종소리를 울려보세요.
87. 여러분이 깨달은 순간부터,
  여러분의 정신용량은 무한대로 넓어집니다.
88. 만물의 근원이 되는 빛으로
  자신의 마음을 항상 밝게 유지하세요.
89. 우리들의 영혼은 우주와 함께 진화하고 있습니다.
90. 다른 영혼에 작은 영향을 미치는 당신이 되세요.
91. 자신의 의식과 대화를 나누는 존재가 되세요.
92. 자신의 영혼이 사라지지 않도록
  항상 깨어있는 삶을 사세요.
93. 자신에게 잠재되어 있는
  아이디어를 감지하는 능력을 키워보세요.
94. 삶이 아무리 바쁘더라도
  자신의 초인적인 기질을 잊어버리지는 마세요.
95. 항상 깨어있는 자아를 가지고 세상을 사세요.
96. 마음속 세계에 자신의 의지를 불어넣어 보세요.
97. 영혼의 영역을 넓혀
  어떠한 자극에도 쉽게 흔들리지 않는 성채를 만드세요.
98. 인간, 동식물뿐만 아니라
  환경도 사랑하는 사람이 되세요.
99. 자신을 사랑하면
  올바른 영혼이 당신의 마음속에 자리 잡게 될 것입니다.
100. 말 없는 전 우주를 바로 보면
  가벼운 미소가 지어집니다.

1. 자신의 몸은 우주와 동등한 나이입니다.

자신을 만들고 있는
물질들이란 무엇인가요?
바로 별들이 폭발하여 만들어진
우주먼지입니다.
별들의 잔해(Star Dust)인 셈이죠.
나란 존재는 이미 수십억 년 전 탄생되었고
떠돌아다니던 물질들이
응집되어 만들어 낸
우주의 가치와 동등한 물질이라는 것입니다.
인간들이 살아가면서 만들어 낸
돈이나 학력, 지위 등은 순간적인 것이나,
우리들의 몸과 마음의 본질은
우주의 기나긴 진화과정과 결실을 내포하고 있는
아주 소중한 완성체이며
밝은 미래를 위한 씨앗입니다.
자신에게 깃들어 있는 무거움과
신성함을 느껴보세요.

2. 세상은 내 맘대로 흘러갑니다.

이 우주의 법칙은 아주 단순합니다.
그냥 원하는 데로
흘러가는 것입니다.
다시 말해,
자신이 가지고 있는 생각이,
자신의 미래를 만들어가는
아주 단순한 세계라는 것입니다.
미생물인 바이러스나 박테리아가
자신의 몸이 변형되기를 원하면,
워낙 그들의 몸이 단순하기에,
그냥 순식간에 유전자가 변하며
변형이 됩니다.
인간도 변하길 원하면,
비록 시간이 수백만 년이 걸릴지라도,
결국 유전자가 조금씩 변하며 진화를 합니다.
그게 바로 이 세상입니다.
내 마음대로 흘러가는 세상인 셈이죠.

부지런하면
모든 일들에 긍정적인 효과가 쌓이고
게으르면
온갖 부정적인 결과가 다가옵니다.
생각하는 것은 많고 빠르나
육체의 행동이 뒷받침되지 않으면
한낱 자신의 상상에 불과한 것이 됩니다.
천리 길도 한 걸음부터입니다.
노력을 하면 언젠가는 성공합니다.
시간을 소중히 여겨
인생을 헛되게 보내지 말아야 합니다.
일은 남보다 먼저 하고
말은 남보다 뒤에 하는 습관이 중요합니다.
내 인생은 내가 마음먹은 것에 따라
내 맘대로 흘러갑니다.

HIGH FLYER

3. 이 세상은 내가 중심입니다.

인간이란 존재는
사회적인 유대감 때문에
진화를 거듭합니다.
혼자 있으면 한없이 왜소하고
나약한 존재이지만
뭉치면 이 세계를 정복하고 파괴할 만한
무시무시한 힘을 가지고 있습니다.
이 세상이
진정으로 필요로 하는 것은
자기중심적인 자유로운 기준점들의
다양한 변화와 창조의식입니다.
자기가 만들어가고 있는
나만의 교차점을 파악하세요.
그러면 세상이란 것이
바로
내가 중심이 되어 흘러가는
시간의 흐름이라는 것을 알게 될 것입니다.

alazzo Vecchio

4. 세상은 내가 주인공입니다.

우주의 본질은 우리가 질량으로 인식하고 있는
홀로그램 세계입니다.
자신이 속해있는 이 세상이란 것이
자기의 의식이 이 세계를 인지하면서
빛의 속도로 만들어내고 있는
영화와 같은 데이터 세상이란 것입니다.
즉 자신이 인지하지 않는 세상이란
자신에게는 없는 세상과도 같습니다.
이것은 무엇을 뜻하는 것일까요?
바로 자신의 인지능력이
이 세상의 움직임을 받아들이는
세계의 중심이 된다는 뜻입니다.
이런 세상에서
자신이 주인공이 아니라는
아주 잘못된 생각을 가지면 안 됩니다.
이 세상은
바로 내가 주인공입니다.

5. 나를 지독히 사랑해야 합니다.

다른 사람의 눈치를 보며 사나요?
다른 사람이 나를 어떻게 생각할까?
고민하나요?
혹시나 사회적 능력이 없다는 이유 하나로
스스로를 낮추고 살고 있지는 않는가요?
바보 같은 짓입니다.
자신에게 스스로 씌운 굴레를 던져 버리세요.
이 세상이란 우리의 의식들이 각자 만들어
가고 있는 단순한 의식세계일 뿐입니다.
아인슈타인이 말하듯,
빛의 속도가 일정하고
빛의 속도보다 빠를 수 없는 이유는
바로 이 세상이 빛의 속도로 그려지고 있는
현상에 불과하기 때문입니다.
우리의 마음은 빛의 속도로 움직이며
이 우주의 주파수와 공명을 이루며
이 세상을 창조해가고 있는 존재입니다.

6. 자신을 아름답게 생각하세요.

사막은
보기에도 황량한 곳이지만
그 어딘가에 감추고 있는
오아시스와 우물의 존재를
아는 자들에게는
여행하는 사막이 아름답게 느껴집니다.
타인에게서 아름다움을 발견하듯이
자신이 감추고 있는
아름다움을
본능적으로 절대 잊지 말아야 합니다.
아름다움이란
외모와 지식에만 있는 것이 아니라
자신을 만들어나가는
창조적 능력 속에
무궁무진하게 잠재해 있는 것입니다.
언제든지 내재된 아름다움을
꺼낼 수 있는 자신을
가꾸며 행복하게 사세요.

7. 안정된 마음으로 변화를 꿈꾸세요.

사회 선배들은 말합니다.
양어장에
고기를 잡아먹는 메기 같은 존재가 있어야
양식어들이
건강하고 활기가 있다는 것이죠.
잡아먹히지 않으려고 도망을 다니는 것이
물고기들 건강에 도움을 준다는 것입니다.
하지만
인간들은 그런 존재가 아닙니다.
자신의 마음속에 평화로움이 있어야
더 창조적 능력이 발휘되고
자신에게 안정감이 있어야
세상을 더 질타하며
긍정적인 변화를 일으킵니다.
자신에게 오는 스트레스를 물리치고
밝고 안정된 마음으로
새로운 변화를 꿈꾸세요.

3

8. 보다 인간적인 영혼을 위하여!

평범함을 즐길 줄 알아야 합니다.
평범함을 즐길 줄 모르는 사람은
그만큼 인생을 보는 눈이 좁아지며,
재미있는 삶을 살지 못합니다.
대중 속에 살아가는
자신이라는
신선한 존재의 느낌을 발견해 보세요.
대중 속의 자신을 즐길 수 있는
여유를 지금부터 가져 보세요.
자신의 욕망을 위해서만 사는 사람은
스스로 자신의 삶을 구속시키기 마련입니다.
타인의 부러움을 얻기 위해 사는 삶 역시,
재미있는 삶을 살지 못합니다.
보다 인간적인 영혼을 위하여
평범한 삶을
한껏 즐길 줄 아는
지혜로운 사람이 되세요.

9. 자신을 가두지 말고 자유롭게 하세요.

사회적으로 이름이 알려진 사람들은
조금 이상한 삶을 살고 있습니다.
그들에겐 대중들이 항상
자신들의 삶을 엿보고 있다는
이상한 상상력을 가지며 삽니다.
그들은 일종의 쇼맨십도 가지고 있고
남들의 이목을 무서워하는
이상한 삶을 살고 있습니다.
하지만 그러한 것들은
자신들을 가두는 감옥입니다.
자신이 벌어들인 수입이 그리 많지 않아도,
자신의 수준에 맞게 즐길 수 있으며,
대중과 어울려 사는 보통사람들이
진정으로
인간이란 본능을 즐길 수 있는 것입니다.
자신을 가두지 말고
자유롭게 사세요.

10. 자신의 운명을 유한한 시공간 속에 가두지 마세요.

인간이란 존재는
이 우주의 깊은 늪 속에 파묻혀 있는
작은 알갱이가 아닙니다.
인간이란 존재가 단지 물질들의
좌충우돌에 의해 확률론적으로 생긴
자연계의 부수적 산물이 아니란 말씀입니다.
이 우주는 그냥 심심풀이로
생명체를 절대 탄생시키지 않습니다.
인간이란 이 늪이란 존재에게
생명력을
힘껏 불어 넣어주고 있는 고귀한 존재입니다.
인간이란 우주 전체의 흐름을
부분적으로 변화를 줄 수 있는
영혼을 가지고 있으므로.
자신의 운명을
유한한 시공간 속에 가두지 말고
앞을 향해 나아가야 합니다.

11. 마음을 잊지 말고 살아야 합니다.

현대인들은 가끔씩
마음을 잊고 삽니다.
마음이란 자신을 담고 있는 육체에게
최적의 환경을 제공해 주는 기분이 아니고,
생존의 본질을 깨닫고
사물의 의의를 분명히 알 수 있게 하는
인식입니다.
하지만 현대인들은 요즈음 인식보다는
기분을 앞세웁니다.
그리고 이러한 잘못된 시대적 흐름은
인간들의 가치를
단순한 생명현상의 쾌락적 누림으로
타락시킵니다.
이 세상에 인간들이 누리고 있는
생명현상의 가치에 대해서
냉철한 생각을 하며
마음을 잊지 말고 살아야 합니다.

12. 우리 인생의 모집합을 생각하며 꿈을 크게 가지세요.

인간들이 현재 살고 있는
이 지구란 부분영역만 가지고서도
우주란 모집합을
이해할 수 있습니다.
어떤 한 특정 장소에 존재하는
작은 나비의 사소한 날갯짓을
시발점으로 하여
먼 거리에 있는
어떤 영역이 거대한 기상변화를
겪을 수 있다는 논리는,
인간들의 작은 행동 하나 하나가
이 우주 전체의 지적 존재에게 미칠 수 있는
영향을 표현하는 것과도 같습니다.
여러분은 전체를 나타내는
작은 모집합입니다.
꿈을 크게 가지고 세상을 바꾸어 보세요.

POSITIS SIGNIS ET ANA

13. 인간이란 우주에 플러스 효과를 일으키는 존재입니다.

인간이란 물질로 이루어진
조직화된 세포들의 총괄적 시스템입니다.
헌데 이 시스템이란 것은 상당히
기괴한 방식을 택하고 있습니다.
그것은 인간이란 존재가 만들어 내고 있는
플러스 현상으로,
물질세계에서 통하는 산술계산 방식
1 + 1 = 2 보다는
1 + 1 = 3 이라는 결과가
인간들에게 맞는 연산법이란 점입니다.
다시 말해 인간이란
부분을 합친 전체시스템이
부분의 합보다 훨씬 많은 현상을 일으키는
이상한 플러스효과를 일으키는
힘이 있습니다.
즉 인간이란 우주에
플러스 효과를 일으키는 존재입니다.

14. 인생이 닫힌 시스템이면 열린 시스템으로 바꾸세요.

우리들이 가지고 있는
가장 큰 약점중의 하나가 바로
자신의 전부라 할 수 있는 인생을
시공간이란 흐름에 맞춰 계속 한 방향으로만
따라 가야 한다는 사실입니다.
궤도이탈이란 불가능하고,
그렇다고 시공의 흐름을 주관한다는 것도
불가능하다는 것이죠.
하지만 인생이란 것이 꼭 우리들에게 닫힌
시스템으로 다가 오는 것만은 아닙니다.
한정된 시간 속에서, 한정된 능력으로,
한정된 생명현상을 누리는 것 같지만,
우리의 인생이란
후손들과 연결되어 커나가는
무한대로 열린 시스템입니다.
왜 자기 자신을 인내하며
어린이들을 사랑해야 하는 지 아시겠죠?

15. 당신은 무한한 존재입니다.

우주의 구성 원리란
어떻게 보면 아주 단순합니다.
서로 반대되는 어떤 성질들이
영역 안에 갇혀 있느냐 없느냐에 따라
질량과 인력이 탄생되며,
그에 따른 부수적인 힘들이 나누어져
빛과 함께
자연계의 모든 현상들이 나타냅니다.
인간이란 존재가 과연 이 우주란 곳에서
어떤 좌표점을 차지하고 있을까요?
또 인간이란 존재가
과연 이 세상에 왜 필요한 것일까요?
답은 의외로 간단합니다.
당신이 탄생된 순간부터
이미 우주의 기억에는
당신이 영원히 존재하게 됩니다.
그러므로 당신은 무한한 존재입니다.

16. 마음의 빛을 만들어 보세요.

이 세상에는 반물질이란 것이 있습니다.
반물질이란
질량, 전하의 절대값은 같으나
물질과는 전하의 부호가 반대인 존재입니다.
예로써 전자와 반대인
양극성을 띤 양전자를 들 수 있는데,
이들이 부딪치면 질량이 없는
에너지 덩어리인 빛으로 변하고 소멸되며,
그 반대현상도 가능합니다.
동양사상의 양(陽)과 음(陰)의 이론이
바로 이것과 같은 이론입니다.
정말 이 세상이란 무(無)에서
유(有)가 탄생되는 놀라운 무대입니다.
그만큼 자유롭다는 뜻이죠.
이런 물리현상을 생각하며
정신세계를 키우면, 외부의 빛이
마음속으로 들어옴을 느낄 것입니다.

17. 자신의 미래는 스스로 만들어집니다.

인간들이 만들어 온 역사는
과거가 아니라 미래입니다.
결과가 아니라 원인이 된다는 것이죠.
그러므로 지금의 시대적 흐름이
인간들의 미래에 아주 중요합니다.
인간들의 장래는
우리가 만들어 내는 역사에 의해
좌지우지 될 것이기 때문입니다.
세상이 오묘한 법칙 속에서
순환하고 있는 것 같지만,
사실 우리가 현재 만들어 가고 있는
모든 생각, 행동들이 이미
미래를 구성하는 기초가 되면서
동시에
세계의 질서가 되는 씨앗이 됩니다.
자유로운 영혼을 키우며
자신의 미래를 스스로 만드세요.

P
ZADIG

18. 신성한 힘을 싹트게 하는 나란 기준점을 잡으세요.

인간이란 존재가 가지고 있는
탐구방식은 상당히 훌륭합니다.
무한한 상상력과 직관력을 가지고서
이 세계를
가장 내부에서 통일하고 있는 것을
인식하려 하고,
모든 작용하고 있는 힘과 씨앗을 보려고
논리적으로 노력하고 있습니다.
지금부터 나란 기준점을 잡고
물질세계와 정신세계를
가만히 들여다보세요.
지금껏 알지 못했던
또 다른 세상과 존재들이
하나하나 모습을 드러내며
자신의 기운에
신성함이 싹트기 시작할 것입니다.

19. 세상을 있는 그대로 보며 기쁨을 느껴 보세요!

글을 쓰는 도중,
아파트 창문을 열고 깊은 숨을 들이쉬니,
시원한 바람 한줄기가 슬며시
코 속으로 들어와 마음 한구석을
조용히 휘돌다가
마음속 호숫가 주위에 사뿐히 내려앉는군요.
조금 전 틀어놓은 음악들도
허공을 떠돌다가 귀를 타고 내려와
호숫가에서 물장난을 치며 바람과 함께
보조개를 만들며 배시시 웃는군요.
간간이 노는 아이들의 웃음소리도 들려오고,
저 멀리 소나무 가지에 앉아 노래를 부르는
작은 새소리도 들리는군요.
이런 아름다운 세상에 살면서
자신을 사랑하지 않을 수 있겠습니까?
세상을 있는 그대로 사랑해 보세요!
기쁨이 느껴질 것입니다.

20. 자신은 이 세상을 변화 시키는 에너지입니다.

나란 존재는 과연 무엇인가?
그리고 나를 이루는 물질들은 무엇인가?
또 나라는 자신을 인식하게 만드는
또 다른 나는 누구인가?
인간들의 생명현상은 무엇일까?
순간적인 것일까? 영원한 것일까?
아니면 영원성을 위한 준비된 전환점인가?
이 지구상에는
왜 나와 같은 수십억의 인간들이
태어나고 죽는 걸까?
수십억이란 존재의 필요성은 또 무엇인가?
대체 왜 이런 일들이 벌어지고 있는 것일까?
다들 이런 생각들을 가져 보셨죠?
해답은 바로 자신에게 있습니다.
자신의 의문 그 자체가 바로
이 세상을 변화시키는
원인이자 에너지란 뜻입니다.

자신에게는
정상적인 두 개의 눈 이외에도
이성(理性)이라는
제 3의 눈이 있으며,
심장 속에는 마음이라는
또 다른 심장이 존재합니다.
심장이 박동할 때마다
또 다른 마음의 심장이 함께
공명을 일으키므로
항상 자신의 마음이
심장과 함께
맑게 울릴 수 있도록
긍정적인 삶을 살아가야 합니다.

21. 자유의 날개를 찾으세요.

해도 해도 끝이 없나요?
자신과 가족 간의 문제,
친구와 직장에서의 문제.
우리 인간들이란 왜 무슨 목표가 없으면
안 되는 것처럼 살아가고,
남들보다 더 잘 되려고
발버둥을 치며 살고 있는 것일까요?
그런데 사실은 자신이 갇혀 살고 있는
그 이상한 시공간이란 것이
스스로 만들어 낸 세계라는 것입니다.
자신의 자유를 한 번 생각해 보고,
보이지 않는 날개를 찾아 활짝 날아보세요.
자기를 괴롭혀왔던 그러한 일들이
얼마나 사소한 일이라는 것을
알게 될 것입니다.
이 우주란 모체는 당신의
좋은 점만 보려고 노력하고 있답니다.

22. 인간들은 작은 우주들입니다.

대부분의 사람들은 인생에 대해
너무 깊은 문제를 건드리는 것을 피합니다.
인생 문제란 것이 다루기
아주 어렵기도 하거니와, 잘못할 경우,
나무의 종류도 제대로 모르면서,
숲만 대충 그리게 되는
혹독한 시련을 피하기 어렵기 때문입니다.
하지만 자신이 가지고 있는
더듬이를 정확한 방향으로 사용하게 되면
이 우주와 그물망식으로 연결되어 있는
자신의 영혼을 느끼게 됩니다.
작은 우주인 자신이
어머니 우주를 생각하며 인생을 보게 되면
그 스케일이 너무도 달라집니다.
여러분 독자들은 작은 우주들입니다.
어머니 우주를 생각하며
무슨 문제든 지 마음껏 건드리고 사세요.

23. 지금의 생명현상 프로세싱을 미래를 위해 맞추어 주세요.

인간이란 존재는 참 특이합니다.
자유롭고 창조적인 이성을 가진 반면,
야수와도 같은 동물적인 본성을 가진 게
바로 인간입니다.
어떨 때는 성인처럼 자비와 사랑이 넘쳐나고,
또 어떨 때는 폭력과 야만과 욕심을 드러내며
남을 괴롭힙니다.
왜 그러는지 모르겠습니다.
인간들의 생명현상이란 동물과는 달리
우주의 질서에 대한 책임이 따르는 데이터
프로세싱과 같은 과정의 하나입니다.
수백만 년 전부터 있었던
이전 단계의 본성을 위해 싸우지 마세요.
수천 년 뒤에는 그러한 본능이
더 약해지겠지만,
지금부터라도 미래를 위한 프로세싱에
더 큰 관심을 두어 보세요.

24. 인생이란 도전과 반응입니다.
두려워하지 마세요.

인생이란
도전과 반응의 결과일 뿐입니다.
자신이 펼치는 상상력과 창조적 활동 역시
도전과 반응의 결과에서 벌어지는
인생의 무대이며
자신이 쓰고 있는 자신 만의 소설입니다.
남의 눈치를 보지 말고 사세요.
물론 자신과는 조금 다른
타인의 객관적인 충고가 도움이 되긴 하지만
최종 판단은 꼭 자신이 하여야 합니다.
이 우주란 그런 판단을 하는 작은 우주들에게
아주 큰 매력을 가지기 때문입니다.
이 큰 우주가
자신에게 관심을 가질 수 있도록,
무서워 말고 도전을 하며 반응을 살피고,
어떤 결과든 웃고 받아들이는
활기찬 인생을 사세요.

25. 이 사회의 원동력은
중간에서 뛰어가는 그룹입니다.

피나는 노력을 했는데 자신이
원하는 방향으로 결과가 나오지 않았나요?
하지만 슬퍼하지 마세요.
자신에게 좋은 결과가 나오지 않았어도
자신은 이미 세상을
조금이나마 변화시키려 노력을 했기에
그 과정에 대해
우주가 당신을 기억하고 있습니다.
자신이란 존재는 항상 인간이란 집단 속에서
아마 중간쯤 뛰어가고 있을 거라
생각하고 사세요.
물론 무리의 맨 선두에는 인간의 갈 방향이
어디인지 찾아가며 열심히 뛰어가고 있는
사람들도 있겠지만
대중의 흐름을 따라가며 동참하는
중간 그룹이 세상을 지배하는
원동력이기 때문입니다.

26. 당신은 역사의 한 일부분입니다.

이 사회 시스템은 선두에서 뛰는 그룹은
꼭 뒤에 따라오는 자들을 살펴야 하고,
중간 그룹은 마지막에 따라오는 그룹을
챙기는 단체 마라톤이 되어야 합니다.
그런데 역사의 흐름이란 사실
앞에서 이끌어 가는 선두 그룹의 속도에
맞추어 따라가지 않습니다.
바로 중간 그룹의 속도에 맞추어
선두의 속도가 조절되며,
뒤처진 후미 그룹의 사람들도 따라오면서
역사의 수레바퀴가 굴러가는
그런 구조이기 때문입니다.
여러분들은 자신의 현재 좌표가
선두이든 중간이든 아니면 꼬리부분이든
아무런 걱정을 하지 마세요.
역사란 당신이 함께 뛰어주어야
모두가 흘러가는 그런 구조이기 때문입니다.

GRAND LISBOA
HOTEL LISBO
葡京酒店

27. 영혼을 감지하는 감각을 사용하세요. 신세계가 펼쳐집니다!

모든 만물의 기운은
서로 통해있습니다.
우리 주변에 있는
나무와 풀,
그리고 그 주변에 살고 있는
곤충, 새, 동물들까지 모두가 다
상호 연관되어 있는 영혼을 가지고 있습니다.
그리고 심지어는 우리 주변에 있는
흙과 바위, 흐르는 물조차도
간혹 어떤 기운을 내뿜고 있기도 합니다.
인간이란 동물은 참 특이합니다.
자연에 존재하는
이러한 모든 영혼을 감지할 수 있는
독특한 감각을 가지고 태어났기 때문입니다.
그런 감각을 사용하여
이제 우리의 세상을 한번 바라보세요.
정말 신세계와 같다는 것을 느낄 것입니다.

28. 우주란 모두가 하나이기 때문에 모든 것을 사랑해야 합니다.

영혼이라고도 말할 수 있는
인간들의 마음은
이 지구 곳곳에 그물처럼 연결되어 있습니다.
그리고 그렇게 이루어진 영혼들은
통합되어서
어떤 거대한 존재를 만들어 내고 있습니다.
그걸 깨닫는 인간들도 있지만,
대부분은 그걸 깨우치지 못한 채
살아가고 있습니다.
자신을 인간들이 만든 사회적 울타리에
갇혀 있게 하지 마세요.
종교를 나누고 사상을 나누며,
민족을 나누고 국가를 만들며,
너와 나를 나누는
절대적인 우를 범하지 마세요.
이 우주는 모두가 하나랍니다.
그래서 모든 것을 사랑해야 합니다.

29. 당신은 스스로 행복을 만드는 강력한 에너지를 가지고 있습니다.

인간들은 스스로 행복을 원하고 있습니다.
하지만 이 사회가
너무 복잡하고 얽혀있어서
모두가 행복을 느끼기에는
그 시기가 아직은 이릅니다.
언제쯤 인간들 마음이 서로 연결이 되어
모두가 행복한 세상이 될까요?
비록 지금도 돈을 벌기 위해
바쁜 생활을 살고 있으시겠지만,
때로는 자신이 가지고 있는 무한대로
넓은 인식영역을 마음껏 사용해 보세요.
지금의 시대는
스스로의 행복은 스스로 만들어야 하는
난세의 시대이지만,
자신의 상상력은 이런 시대를 벗어나
기쁨을 자신에게 줄 수 있을 만치
강력한 에너지인 것입니다.

30. 나란 존재, 너란 존재를 벗어나 자유로워지세요.

만약 자신이
지금 괴로움을 겪고 있다면
바로 자신이 가지고 있는
마음의 경계를 없애도록 하세요.
자신 혼자만이 가지고 있는 갈등은
이 우주가 해결하려고 노력하고 있기에
곧 해결되어질 수 있습니다.
만물의 영혼은
서로 연결되어 있습니다.
우주 전체를 보고 평가하면
나란 존재는 없는 것입니다.
그리고 너란 존재 역시 없는 것입니다.
인간들의 의식영역이 너무나 협소할 때
자신이 불행하다고 느끼게 됩니다.
그 경계를 없애는 길이
자신의 불행을 없애 줄
유일한 마음의 길입니다.

31. 평범한 삶이 생명체가 누려야 할 기본적인 진리입니다.

자신이란 존재에 대한 근원과
사후세계에 대한 불확실성,
그리고 진리가 존재할까란 생각 때문에
삶에 대해서 엄청난 핍박을 받지 마세요.
인간이란 존재가 순간적이고
영원하지 않다는 생각을 버리세요.
비록 현대사회가 여러분들에게
그러한 것들을 설득할 만한
어떤 기준점이 없기는 하지만,
우리들의 삶이란 게 타인과의 흐름에 휩쓸려
평범하게 살아가면서도
사실 우주의 큰 스토리의 하나를
만들어가고 있는 부분에 속합니다.
평범한 삶을 소중히 여기며
살아가는 것이,
생명체가 누려야 할
가장 아름다운 진리입니다.

32. 자유로움을 컨트롤 할 수 있는 마음속 부레를 만드세요.

자유로운 이성이
때론 자신을 너무나도 무책임하게 만드나요?
개개인이 처한 환경과 인식능력 정도는
모두가 다르겠지만
그렇다고 무언가를 끊임없이 추구하는
자신의 묘한 본능을 탓하지 마세요.
그 본능이란 게 사실
이 우주가 당신에게 준 것이며,
당신의 인간적 가치를 유지시켜 주는
원동력입니다.
그리고 인간들의 미래를 밝게 만드는
근원이기도 합니다.
지금부터 그걸 조절할 수 있는
부레와 같은 마음속 기관을
한 번 만들어 보세요.
그러면 인생의 높낮이를 스스로 조절하며
안정된 삶을 살게 될 것입니다.

33. 이 사회의 모든 시작점은 바로 나입니다!

현대사회는
모든 것을 데이터화해서
지표를 이용해 판단하려 합니다.
하지만 삶이란 문제는
객관적 지표를 이용해 설명하기가 힘듭니다.
그렇다고 정신적 즐거움 같은 주관적 지표를
이용해 평가한 것도 바보 같은 일입니다.
삶을 보기 위해선
여러분들의 총체적 시각이 필요합니다.
자신에게 감추어진
통합적인 안목을 사용하여
이 사회의 흐름을 살펴보세요.
정말 오점이 많고 불평등한 사회입니다.
그렇다고 불평만 하고 계실 건가요?
모든 일의 시작점은 바로 나입니다.
바로 자신 스스로 일들을 시작해야
점차 이 세상이 변한다는 것입니다.

34. 인생에 3대의 카메라가 필요합니다.

한 번씩은 일상생활에서 멀찌감치 벗어나
자신의 좌표가 어디에 있는 지
살펴보아야 합니다.
그러기 위해서는 여러 각도,
여러 방위에서
초점을 맞출 수 있는
카메라 3대가 필요합니다.
이 카메라는 물질계와 정신계를 볼 수 있고,
감수성이 예민한 인간의 본능까지도
잡아내야 하는 특수 카메라이어야 합니다.
그리고 이 카메라에
물질의 근원인 양자 세계인 극미세계와
그 근원을 탄생시킨 우주의 거시세계를
모두 살펴볼 수 있는
줌 렌즈를 반드시 설치하셔야 합니다.
그러한 다양한 카메라에 포착된 지식들이
당신의 인생을
좀 더 풍부하게 만들어 줄 것입니다.

35. 당신은 우주의 완결체입니다!

물질의 근원은 원자핵인
중성자, 양성자를 만드는 수많은 소립자들과
그 주위를 도는 전자로 이루어져 있으며,
빛이란 전달체계를 가지며,
중력, 전자기력, 강한 핵력, 약한 핵력과
같은 힘들에 의해 조절되고 있습니다.
이런 물질들에 의해 만들어진 생명체들이
물리적 화학적 법칙에 철저히 근거하여
삶을 살아가고 있으며
자신의 모태인 우주를 탐구하며
앞으로 나아가고 있습니다.
여러분들에게는 병렬방식의
슈퍼컴퓨터를 능가하는 두뇌가 있으며,
우주의 신비가 깃들여진
엄청난 세포들의 조합으로 생명현상을
유지하며 영혼을 키워나가고 있는
우주의 완결체입니다.

36. 이 우주에 자신의 소원을 정말 강력하게 외쳐보세요. 반응을 보일 것입니다!

조금은 이해하시기 어렵겠지만,
중력, 시간, 공간이 지배하는 이 세상은
사실 질량, 공간이 없는 비물질계의 세계와
연결되어 상호 공존하며 반응하는
피드백 시스템을 가진 구조물입니다.
자신이 가지고 있는 자유로운 정신 또는 이성은
다른 차원의 정신계를 자극하는
항원과도 같은 일들을 합니다.
제 말이 이상하다고 느껴지시죠?
한 번 이 세상에 진실한 마음으로 강력하게,
정말 많은 노력을 하며 강력하게
자신의 소원을 외쳐보세요.
당신이 느끼지 못하겠지만,
이 우주는 당신의 외침에 반응하며
항상 변화를 시작하고 있답니다.
놀라운 세계이죠?

37. 자신이 가지고 있는 슬픔이란 정말 하찮은 것입니다.

자신이 너무 힘들다고 느낄 때는
자신이 잊고 살았던
무한대의 공간을 가지고 있는
마음 속 세계를 들여다보세요.
분명 자신의 맑은 이성은
어둠도 뚫고 공간도 뚫고 시간을 넘어
자신이 가지고 있는 슬픔이
얼마나 하찮은 것인 지
당신에게 부드럽게 속삭여줄 것입니다.
이 우주를 자기발전을 위한
무대로 생각하세요.
돈이 없다고, 능력이 없다고
이 우주는 당신을 절대 저버리지 않습니다.
하지만 제발 나쁜 짓은 하지 마세요.
당신이 나쁜 짓을 하면
우주는 당신과 정 반대되는 방향으로
가려고 할 테니까요.

38. 이 세상은 외롭지 않아요. 우주가 당신을 지켜보고 있어요!

자신이 외롭다고 느끼시나요?
추억을 되새기고
상상력으로 과거와 미래를 넘어,
자신과 교차되고 있는
많은 교차점들을 생각해 보세요.
비록 교차되는 빈도의 차이가
개개인마다 다르겠지만,
정말 다시는 오지 않는
소중한 인연들입니다.
이 우주는 당신이 교차하고 있는
다른 생명체들과의 교감을 통해,
새로운 정신을 창출하고 있으며,
그 힘을 기초로 하여
또 다른 세계를 창조하고 있답니다.
자신이 외롭다는 생각 자체만으로도
아마 이 우주는 당신에게
이미 반응을 보이기 시작했을 것입니다.

39. 본능이라는 심연 속에서 나와 밝은 세상을 바라보세요.

본능이라는 심연 속에 갇혀
빠져 나오지 못하고 있나요?
본능이란 인간들의 생명현상을 유지하기 위해
다양한 종류의 행동과 사유를 유발시키는
좋은 에너지입니다.
그리고 이 심연에서 솟아나오는 감정들이
인간들에게 선과 악이란
이분법을 만들어내게 하는 근원이 됩니다.
하지만 우리에게는
수백만 년 전부터 대물림된
우수한 유전학적 기질을 가지고 있어서,
악한 본능을 잠재우며
선한 본능을 더 발전시켜 나가고 있습니다.
자신을 일순간 지배하려는 본능이 있다면
당신은 그보다 더 우월한 힘이 있기에
걱정하지 말고 올바른 방향으로 가세요.

40. 무한한 상상력을 잃지 마세요.

직장과 사회는
들어온 정보를 기준으로 모든 일들을
인간관계와 더불어, 돈의 흐름으로
판단하려는 수학적, 논리적인
묘한 문제해결 방식을 가지고 있습니다.
하지만 자신의 삶에서
이런 한 쪽으로만 치우쳐진 생활에서
자주 벗어나도록 노력해야 합니다.
돈과 명예와 권력만 쫓아 가는 삶은
자신을 창조적인 능력보다는
계략에 능란한 중개인과 같은
갈등 어린 인생을 보내게 만듭니다.
인간이란 존재는
동물과는 좀 특이한 까닭에
본능적인 직관과 넓은 상상력이
창조적인 생활에 더 도움이 됩니다.
무한한 상상력을 절대 잃지 마세요.

그리고
입이 하나이고
귀가 둘인 것은
말하는 것을 더 적게 하고
듣는 것을 그 두 배로 하라는
자연의 이치라고 합니다.
타인을 비판하기 보다는
타인의 말을 더 들어주는
그런 아름다운 지혜가 꼭 필요하다는 것입니다.
육체는 공손하지만 마음은 뜨겁고 넓으며
어려워도 용기를 가지고 헤쳐 나가고
스스럼없이 타인들을 포용할 수 있는
두둑한 배짱을 가지고 세상을 살아야 합니다.

41. 마음을 열면 목표가 생기게 됩니다.

현대인들은 성인이 되기까지
사회가 만들어 놓은 교육 시스템에
갇혀 살고 있습니다.
교육을 통해서 인생을 살아가는 데
속도감과 민첩성을 갖게 될지는 몰라도
개인의 본능과 상상력이
간혹 빈곤해지기도 합니다.
사회가 가르쳐 준 정보 처리방식과
해결 방식을 때론 멀리하고
마음을
있는 그대로 순수하게 열어보세요.
주관적인 생각과 객관적인 생각이 충돌할 때
그냥 마음을 따라 가는 지혜를 익히세요.
인생에 가속도가 붙지 않을지는 몰라도
자신이란 존재를 향해
치달을 수 있는
목표가 생기게 됩니다.

42. 우주의 기억에 자신의 마음을 새기세요.

인간과 가장 가까운 신은
두 개의 얼굴을 가진 문(門)의 신,
야누스일 것입니다.
어떻게 보면 인간들이란 자신을 괴롭히는 선과 악,
그리고 본능과 이성 속에서 평생을
몸부림치고 살고 있는 존재이기 때문이지요.
하지만 생명체의 발전 원리가
이런 대립적인 관계 속에서 이루어지는
상호보완작용에 있기 때문에,
인간이란 존재는
자신에게 던져진 운명을
겸허하게 받아들이고,
이런 대립적인 어떤 기질들을 통합시켜
새로운 변화를 일으켜야 합니다.
우주의 기억에
자신의 독특한 마음을 새겨보세요.

43. 후세로 대물림되는 신비한 흐름 속에 자신이 기억되도록 해보세요.

여러분들이 느끼지 못하시겠지만
사실 자신이 살고 있는 삶의 방법과
방향 속에서 얻어지는 지식들은
유전정보, 또는 기억이란 형태로
후손들에게 퍼져나가
한결 발전된 또 다른 나를 탄생시키는 데
결정적인 역할을 하고 있습니다.
자신의 육체는 사라질망정
자신의 모든 삶이
이 사회에 기억이 되는 셈이죠.
삶의 어두운 공간 속에서 헤매고 있다면
자신이 가지고 있는
굵은 상상력의 사슬을 이용하여,
그 어두움에서 벗어나,
이 사회적이면서도 극히 자연적인
생명의 신비한 흐름 속에
자신이 영원히 기억되도록 해보세요.

44. 항상 중간자적 입장에서
모두를 친구로 만드세요.

중도(中道)란 개념이 있습니다.
이 뜻은 사람의 마음이 집착이나 무관심
어느 한쪽으로 치우치면 안 된다는 말입니다.
인간들의 마음 작용은 사실
모든 자신의 생각에 공명현상을 일으키며
변수에서 정수를 찾아내는
복잡 미묘한 함수와 같은 시스템 속에서
만들어지고 있습니다.
모든 물질들의 기본 입자가
입체와 파동이라는 양면성을 가진 것처럼,
인간 역시 물질과 영혼 이라는
양면성을 가진 유기체입니다.
중도의 정신을 가지고
자신을 가두고 있는 유기체적 공간을 넘어
새로운 마음과 이성을 창조해 가다 보면
모두가 다
자신의 스승이며 친구가 될 것입니다.

45. 물질과 영혼세계의 교차점인 자신이 우주 주파수를 마음대로 쓸 수 있게 하세요.

우주의 만물은
보이지 않는 암흑물질로 연결되어 있습니다.
과학자들은 암흑물질을 찾으려고
발버둥치고 있지만 우리의 마음은 사실
암흑물질을 통해 전 우주와 소통하고 있습니다.
어떤 이들은 그런 것들을
우주와의 채널링이라고 말하는데,
사실 누구나 다 매 순간 하고 있는
정신의 피드백 시스템과 같은 것으로
우리들의 영혼은 우주의 정신과
주파수 같은 암흑물질로 공조 체계를 이루며,
모든 생명체들의 정신활동을 연결시켜
의미 있는 영혼들을 만들어 나가려고
이 삶을 살고 있는 것입니다.
물질과 영혼세계의 교차점인 자신이
우주 주파수를 마음대로 이용하게 만드세요.

HSBC

46. 육체와 마음의 빛이 발산되도록 열심히 사세요.

인간들의 몸에서는 생체광자(biophoton)
라고 하는 빛이 나옵니다.
그 빛의 세기는 자외선과 적외선 사이의
파장에서 발견되는 아주 미약한 것입니다.
일부 학자들은 이런 생체광자들이
혹시나 인체와 영혼과의 관계를 풀 수 있는
정보가 되지 않을까 하는
생각도 가지고 있는데
사실 자신의 육체적 활동과 정신적 활동에서
발생되는 에너지의 파동일 뿐 입니다.
그런데 의외로 이런 생체광자가
사람들에게 우리가 보통 말하는
오로라를 만들어
상대방을 압도하는 기운을 일으킵니다.
자신의 생체광자가
더 많이 발생될 수 있도록
생각의 영역을 넓히며 열심히 사세요.

BLOWING THE
ROOF OFF
BROADWAY!
WHERE
MAXIMUM
PERFORMANCE
LIVES
maxell
MEMPHIS
"THIS FEEL-GOOD MUSICAL
IS A PHENOMENON!"
MAMMA
MIA!
McDonald's
Restaurant

47. 빛보다 빠른 속도를 가진 마음을 가진 당신, 위대한 존재입니다.

자신이라는 작은 영혼을 몸담고 있는 육체.
인간들의 육체란 우주의 광대함과 비슷한
경이로운 질서를 가지고 있습니다.
아인슈타인은 빛보다 빠른 속도는
존재하지 않는다고 했지만
인간들의 마음은 빛보다 빠릅니다.
빛이란 우주의 근원적인 에너지이며
창조의 힘이지만
인간들의 마음은 빛의 속도를 따라 잡고,
시공간을 초월할 수 있는
상상력을 가지고 있습니다.
인간들의 마음은 우주 저 먼 곳까지도
상상으로 여행을 할 수 있고,
선, 악을 다루며 무(無), 유(有)를 비교하고,
신(神)과 근원(根源)을 찾아 노력하는
고귀한 존재입니다.

48. 자연과의 동화방식을 잃지 말고 영혼을 맑게 하세요.

현대인들의 생활적응방식은
이미 자연과의 동화방식을 넘어서,
인간들의 욕망을 자극하는 인공방식에
길들여져 있는 실정입니다.
자기의 사고방식이 혹시, 자연의 법칙을 떠나
이기심의 절정을 달리고 있는 상황인 지
한 번 되돌아 볼 필요가 있습니다.
혹시 자신이 누리는 생명현상의 기쁨보다는,
자신의 욕망을 채워주는
경제적 만족에 우선 가치를 두고,
돈, 학력, 권력으로만 사람을 판단하고
살고 있지는 않나요?
그런 당신은 이 우주에 필요가 없는
소모성 영혼을 가진 존재입니다.
이 우주가 당신에게 관심을 가질 수 있게
착하고 도와주는 삶을 살아보세요.
당신의 영혼이 맑아짐을 느낄 것입니다.

49. 날마다 새로워지는 당신의 삶을 느껴 보세요!

인간을 한마디로 표현한다면,
분화된 세포들이 상호작용하여 만든
자유로운 이성체로써
진화과정에서 생겨난 생명현상을 이용하여
한 단계 더 높은 의식체로 변화해가는
중간 단계의 생명체라 할 수 있습니다.
육체의 탐욕에
자신을 너무 빼앗기지 마시고,
마음의 쾌락에
정신을 놓지 마시고,
명예와 권력에 휩쓸리는 과오를 범하지 말고,
사랑과 자비와 친밀함과 베품을 나누는
균형이 잡힌 생활을 하세요.
날마다 벌어지는 반복되는 생활이
조금도 지루하지 않고
매일매일 더 새로워지는 당신의 삶을
진정으로 느끼게 될 것입니다.

2010
TOSHIBA
TDK

50. 치우침이 없는 절충선을 찾는 방법도 알아야 합니다.

샤넬라인이란
무릎을 살짝 가리는 치마길이란 뜻으로,
디자이너 코코 샤넬이 만든 유행어입니다.
발목까지 내려오는 긴치마의 답답함과
성적 매력을 풍기는
미니스커트의 경박스러움을 절충한
표준패션입니다.
당시의 세계에게는 이러한 패션이
신표현주의라 하여
절충성 있는 아이디어로 각광을 받았습니다.
구세대의 복고풍과 신세대의 자유스러움을
절묘하게 혼합시킨 탓이지요.
여러분도 이 샤넬라인과 같은
절충선을 찾는 방법들을 알고 있어야 합니다.
어느 쪽으로나 치우침이 없이 온당한 일,
또는 지나치거나 모자람이 없이
알맞은 일을 해야 할 때가 있기 때문입니다.

NOVOTEL

51. 아름다운 푸른 별을 만드는 교차점이 되세요.

인생이란 것은
자신 혼자만이 고독하게 만들어 가는
외길의 반복되는 뫼비우스 띠가 아닙니다.
그렇다고 처음과 끝이 만나지 않는
기나긴 평행선도 아닙니다.
반복되는 인생 같지만 모든 순간이 다르며,
평생선 같지만 자신이 만들어가고 있는
점과 점들은 서로 교차해가며
타인이란 존재들과
매 순간 반응하고 있습니다.
자신이 만들어 가고 있는 작은 점들이 ,
타인이 만든 작은 점들과 함께 모이게 되면,
그 점들은 다시 지구란
푸른 별이 가지고 있는 영혼 속으로 들어가,
지구란 별이 더 진화될 수 있도록 자극하여,
이 우주의 별빛들을
더 아름답게 만들 것입니다.

52. 항상 세상을 밝게 보는 눈을 가지세요!

많은 사람들이
인생에 대한 근시안을 가지고 있습니다.
권력만 볼 수 있는 근시안, 돈만 볼 수 있는
근시안, 자기 자신만 볼 수 있는 근시안.
자신이 바라는 목표들만 망막에 상을 맺고,
그렇지 않은 것들은 수정체와 망막 사이의
허구적 공간에 상을 맺는 근시안.
인간들의 신체적 근시안은 성장기 때 안구의
전후 길이가 정상보다 더 성장하여,
빛의 굴절도가 틀려져 정상적으로 망막에
정확히 상을 맺지 못하기 때문에 생깁니다.
그런데 마음의 근시안은
자신의 못된 욕심 때문에 생기는 것이죠.
다른 사람들의 세상 보는 방법들이
사회적 경쟁력이 높다는 이유 하나만으로
그들을 따라 하는 버릇을 가지지 말고
항상 정확한 초점이 있는 눈을 가지세요.

53. 전체를 바라보는 넓은 시야를 가진 눈을 가지세요.

자신의 욕심과 짧은 이해력 때문에
간혹 세상을 보는
눈의 시력이 망가지는 경우가 있습니다.
허영심과 광적인 욕구는
자신이 가지고 있어야 할 시선의
적당한 거리를 잊어버리게 만듭니다.
정치가, 권력가, 재벌가들의 눈은
간혹 잘못된 굴절력을 가지고 세상을 봅니다.
잘못된 거리로 허상만 쫓을 수 있습니다.
욕심이 많은 일반인들도 그렇게 보려는
사람들이 점점 많아지고 있습니다.
하지만 잘못된 굴절력은
정말 쉽게 고칠 수 있습니다.
자신이 집중하는 방식을, 한 곳만 아닌
전체를 보게 되면 금방 고쳐지기 때문입니다.
전체를 바라보는
넓은 시야를 가진 눈을 가지세요.

54. 인생의 균형을 잡을 수 있는 평행감각을 활용하세요.

인간들에게는 평행감각이란 게 있습니다.
이 평행감각이란 것은 상당히 고차원적인
시뮬레이션 조절장치 같은 것으로,
움직이는 육체에 따라 변화되는
주위 환경의 시각적 차이와,
위치에 따른 민감한 체감각계의 감지력,
그리고 귀속에 있는 전정기관들의
생리학적 원리가 종합되어 나타납니다.
고달픈 생활에 지쳐
자신의 중심이 흔들릴 때가 많을 것입니다.
자신의 균형이 틀어졌다고 느껴질 때면,
자기를 사랑해 주었던
모든 사람들을 생각하고,
자신과 더불어 살아가야 할
다른 사람들의 색다른 모습들을 음미하며
보다 넓은 공간에서 평행을 잡을 수 있도록
스스로 균형감각을 일깨워야 합니다.

55. 당신에게는 아무도 깨뜨릴 수 없는 강력한 보호막이 있답니다.

자신의 의지와는 상관없이
육체적, 정신적 노동만을 강요하는
이 거대한 사회가 자신의 삶을
무참하게 짓밟을 때가 있을 것입니다.
돈으로 돌아가는 이 괴물 같은 사회가
게걸스럽게 자신을 학대하며
시키는 대로 하지 않으면 사회 구조 밖으로
내팽개치려 할 것입니다.
하지만 당신의 영혼은 사회의 다양한 핍박에
전혀 굴복할 필요가 없습니다.
왜냐하면 당신에게는 그 어느 누구도
깨트릴 수 없는 보호막이 있기 때문입니다.
그런 모든 것들이 잘못되었음을 알고 있는
따뜻한 어머니 우주가
항상 당신을 지켜주고 있기 때문입니다.
고달파도, 슬퍼하지 마시고, 노력하시면
금방 이겨내실 수 있을 것입니다.

56. 사회가 일으키는 소용돌이의 흡인력에 빠져들지 마세요.

이 사회는 거대한 소용돌이와 같아서
당신의 모든 것을 빼앗아 갈 것 같은
흡인력을 가지고 있습니다.
잠시 한 눈을 팔았다가는 그 소용돌이가
일으키는 흡인력에 마음 속 희망들을
자신도 모르게 하나하나 빼앗기게 되고.
자신감은 더욱 없어져 움츠러들고,
심리적 불안감과 함께,
자신은 실패자라는 괴리감과,
자신은 이 사회를 이겨 나갈 수 없다는
자포자기적 감정을 일으키게도 만듭니다.
하지만 이 사회가 일으키는
소용돌이의 본성을 자세히 들여다보면
사회구성원에서 뒤쳐지지 않으려는
자신이 만들어내는 허상에 불과 합니다.
자신의 집착력의 거울 속 허상이 일으키는
흡인력에 절대 속지 마세요.

57. 사회의 흐름을 따라가지 말고 자신의 흐름을 스스로 만들어 나가세요.

개인이 사회에 적응하는 방법은
자신에게 밀어 닥친 스트레스를
스스로가 얼마나 잘 헤쳐 나가는 가에 따라
상당히 달라집니다.
스트레스를 마음속 공간 밑으로
여유 있게 가라앉힐 정도로 대범한 사람은
자신에게 불필요한 감정을 조절할 수 있지만
마음속에 그런 여유 공간이 없는 사람은
스트레스에 부딪히며
많은 어려움을 겪게 됩니다.
하지만 그런 어려움은 바로 자신이
사회의 흐름을 거슬리지 않고 따라가려는
수동적인 태도에서 생기는 것입니다.
사회의 흐름을 여유롭게 파악하고
그 빠르기를 조절하는 것은
바로 능동적인 당신의 태도입니다.
자신의 흐름을 스스로 만들어 나가세요.

58. 자신의 운명은 바로 자신의 마음에 달려 있습니다.

인간들의 사주는
타고난 팔자라는 말이 있습니다.
태어날 때부터 그가 평생 걸어가야 할 길,
직업, 재물, 운, 수명 등이
이미 팔자로써 정해져 있다는 말입니다.
심지어 암이라는 것도 암유전자의 활성에
의해서 생기거나, 아니면 종양 억제 유전자의
비활성에 의해서 유발된다니
암도 타고 났다는 말이 맞는 듯 보입니다.
하지만 인간들의 유전자는
생명현상의 데이터와도 같은 것으로,
현재의 생각과 마음의 에너지에 의해
조금씩 바뀌는 시스템입니다.
그 변화가 너무 미세하기에 과학자들조차
정확하게 그 변화의 정도와 빈도를
측정하기 어려운 것이지요. 자신의 운명은
바로 자신의 마음이 그리고 있는 것 입니다.

59. 마음을 항상 새롭게 하여 건강한 영혼을 탄생시키세요.

모든 생명체들의 탄생은

과거에 기억되어진 유전정보에 [illegible]니다.

인간들 역시 유전체 (Genom[illegible]라고 불리는

정보에서 세포[illegible]들고

각각의 기능이 [illegible]담되며,

새로운 생명을 [illegible]생시킵니다.

그리고 나중에 [illegible]필요한 세포를

스스로 [illegible]는 아포토시스

(Apoptos[illegible] 잎이 떨어진다는 그리스어)

[illegible]전을 통해 자신의 노화된 세포를

제거하며 다시 태어납니다.

물론 자멸하여 영원히 사라지기도 합니다.

자기 자신에게는 자신의 영혼을

건강하게 만드는 이런 작용들이

똑같이 존재하고 있습니다.

그 작용을 잘 이용하여

건강한 마음을 만들어 보세요.

60. 생존과 진화를 미끼로 던져준 완벽한 자유를 누리세요.

어떤 신경정신과 의사는
삶에 대한 투쟁에서 건강한 정신을 가진다고
환자들을 설득하곤 합니다.
하지만 많은 사람들이 그런 경쟁 속에서
탈락되면서 오히려 비참한 현실을 느끼며
정신이 더 나약해지기 마련입니다.
어느 철학자는 인생이란 아무런 의미도
목적도 없이 다만 생존의지가 시키는 대로
고통에 대하여 벌이는 휴전 없는
싸움의 연속이다 라고 까지 말했습니다.
하지만 인생이란,
은밀하게 탄생시킨 인간이란 의식체로서,
생존과 진화를 미끼로 던져준
완벽한 자유를 마음껏 누리며,
자신의 영혼을 더 큰 세상을 향하여
조절해 나가는 신성한 과정의 하나입니다.
절대 슬퍼하거나 나약해지지 마세요.

거울이 맑고 깨끗하면
먼지가 더 붙지 않는다고 합니다.
아무리 진흙탕 싸움을 일삼는
돈만 아는 이기적인 사회이지만
자신의 마음이
거울처럼 깨끗하면,
마음속에 자리 잡은 호수는
항상 청정 수역을 유지하게 될 것입니다.
완벽한 자유를 누리면서도
자신의 호수를 자주 들여다보며
혹시나 맑은 물이 흐려지지는 않았는지
자신의 얼굴을 비추어 보시기 바랍니다.

Opi

61. 자신에게 주어진 환경을 남과 비교하며 살아가지 마세요.

혹시 자신의 능력이나 처지를 항상
타인과 비교하며 살고 있지는 않나요?
그런데 행복이란 남과 비교되어지는
그런 것이 절대 아닙니다.
자신이 이루고자 하는 목표와 느낌을
얼마만큼 채웠는가에 따라
자신만의 행복이 결정되기 때문입니다.
자신에게 주어지는 환경이란
절대적인 것이 아니라 상대적인 것입니다.
잘못된 생각은 그것을 시발점으로
자신의 다른 생각에 영향을 미치는
메커니즘을 가지고 있습니다,
자신의 생각이 인생을 그려가는 화가이므로,
남의 인생을 그리지 말고
자신의 인생을 그리는데 집중을 하세요.
분명 자기만의 세계에 행복해지실 것입니다.

62. 자아의 영역을 넓혀 자신의 무대를 넓히세요.

많은 사람들이 편협한 자아에 갇혀 있습니다.
사실 인간들의 자아는 우주의 자아와
연결되어 있어 무한대로 넓으며,
우주에 펴져있는 모든 생명체의 힘을 받아
우주의 향후 나아갈 방향과 창조할 어떤 것을
자극하는 근본이 되기도 합니다.
사회는 개인의 자아를 변화시키지 못합니다.
단지 개인이 집단에 적응할 수 있도록
가르칠 뿐입니다.
하지만 개인의 능력은 다릅니다.
개인은 집단을 변화시킬 수도 있고
파괴시켜 버릴 수도 있습니다.
그러기에 올바른 판단력이 중요합니다.
자신이 관심을 두지 않아 좁아진
자아의 영역을 넓히는 것.
이것이 바로 자신에 대한
첫 번째 도전입니다.

63. 여러분 하나하나가 중요한 지구의 뇌세포입니다.

맑은 밤하늘, 인간들의 육안으로 밤에 볼 수
있는 별은 약 9000개라고 합니다.
우주에는 많은 은하가 존재하는데
우리 은하계는 그런 수많은 은하의
바닷가 모래알 하나처럼 작습니다.
지구라는 푸른 생명의 별.
이 넓은 우주공간과 비교해 보면
불교에서 말하는 공(空)이며,
우주의 시간을 인간들의 삶과 비교하면,
찰나의 세계인 무(無)입니다.
헌데 중요한 것은 이러한 우주를
인식하고 있는 생명체가 70억 명입니다.
작은 모래알에서 컴퓨터 두뇌인 반도체가
생겨나듯, 이 지구에서도 우주의 두뇌와
같은 엄청난 의식이 곧 탄생되게 됩니다.
여러분 하나하나가 중요한
지구의 뇌세포라는 것을 꼭 명심하세요.

64. 자연을 벗 삼아 호연지기 정신을 느껴보세요!

과거의 선비들은 정자나 집안에서
새소리와 바람소리를 들으며
공자와 맹자를 논하며 산책을 즐겼으니,
잔잔한 두뇌활동으로 최적의 정신 상태를
유지할 수가 있었을 것입니다.
그러므로 그런 풍요로운 정신 상태에서
떠오르는 생각은 신선을 논하고
자연을 벗 삼으며 호연지기 정신을 이야기
할 수 있는 분위기가 자연스레 생겨났습니다.
하지만 현대인들은 어렸을 때부터
공부에 대한 강박 관념과 남을 이기겠다는
욕망으로, 스트레스와 수면부족을 겪으며
강박관념을 가지고 살고 있습니다.
기술적으로 육체는 편리해졌어도
철학적으로 마음은 더 고달파진 것이죠.
가끔씩은 선조들의 느긋한 정신을 되새기며
자연을 벗 삼아 호연지기 정신을 느껴보세요.

65. 사회에 살아있는 에너지를 내뿜으세요!

현 시대는 사회적으로도 경제적으로도
매우 어려운 시기입니다.
집단이 어려우면 개인이
역량을 묵묵히 키워나가야 합니다.
집단의 흐름 속에서 잊고 살았던
자신만의 새로운 가치를 발견해 내고
다시 일깨워야 한다는 말입니다.
나 자신이란 존재를 현시대를 살아가는
객관적인 생명체로써만 여겨서는 안 됩니다.
자신이란 이 사회를 변화시키는
주관적인 존재이기에,
자신의 위치가 사회의 어디쯤에 있는 가가
중요한 것이 아니고,
자신의 좌표가 항상 사회 속에서 움직이며
변화를 일으키고
내재해 있는 에너지를 마음껏
내뿜어야 한다는 것입니다.

UFC
SYDNEY, AUSTRALIA
TOSHIBA
Kodak
Kodak
BankofAr

66. 사회 곳곳에 당신의 생기를 불어넣는 주관적인 삶을 사세요.

어떤 이들은 모든 것들을 연연하지 않고
자연이나, 신, 또는 무념무상이란
울타리 없는 영역에 들어가
자신의 존재를 잊어 갈등을 없애려 합니다.
그런데 그것은 간혹 자신의 삶을
단순화 시키는 부작용을 낳기도 합니다.
우주의 깊은 진리란
저 멀리 떨어져 있는 별세상의
외진 곳에 있는 것이 아닙니다.
이 사회 곳곳에 존재하며,
당신의 일상생활에도 존재하는 것입니다.
성공에 대한 집착보다도
너무나 이기적인 사회의 정의에 대해
시간을 가지고 도전해 보세요.
사회 곳곳에 분명
당신이 불어 넣어주는 생기에 의해
아름다운 장면이 하나씩 탄생될 것입니다.

67. 인생의 큰 그림을 그리도록 노력해 보세요.

인간이란 존재는 자신이 태어난
이 세상에 대해 항상 호기심을 가지고
바라보고 있는 이상한 동물입니다.
이런 호기심들이 긍정적인 사고로 바뀌면,
과학이나 철학, 질서와 예절을 중요시하고,
부정적인 방향으로 바뀌면,
생명 자체를 향락이나 욕망에 소모시키며,
돈만 바라보는 인생을 살기도 합니다.
왜소한 자신의 육체와는 반대로
자신의 마음은 거대한 우주를
받아들일 수 있는 본성을 가지고 있습니다.
그런데 그런 엄청난 본성을 가지고
돈만 버는데 정신을 집중한다면
정말 우주의 큰 낭비가 되는 셈이지요.
인생의 큰 그림을 그리도록 노력해 보세요.
우주는 당신의 그림을
감상할 준비가 항상 되어 있답니다.

I ♥ GUAM

68. 성취 능력 보다는 인식의 능력에 투자를 하세요.

본성이 잘 다듬어 지지 않은 사람들은
돈이나 권력이 있다는 것 하나만으로
사회란 집단체제에서 우위를 점하고서
맑은 집단의식을 흐리게 합니다.
타인을 자기 마음대로 조종하려고 하는
못난 사람들이 주변에 참 많은 것 같습니다.
탁월한 그들의 언어적 기교로
대중을 현혹시키는 묘한 논리를 펼치며
욕심 많은 영혼을 더 배부르게 하려 합니다.
서로 정을 나누며 살아가는 살가운 이웃들의
행복한 삶의 모습을 한 번 관찰해 보세요.
어느 것이 인생을 살아가는데 훨씬 더
효율적이고, 순수한 것일까요?
어떤 성취 능력 보다는
인식의 능력에 투자하는
보통사람들의 진정한 아름다움을 찬양하며
좋은 향기를 내뿜는 영혼이 되세요.

69. 자신의 질서를 위해 마음껏 뛰어보세요!

자신의 인생이 목적 없이 표류하는
돛단배 같다고 느끼며 살고 있지는 않나요?
자신의 삶이 중심점 없이 흔들리는
바람개비 같다고 생각하지는 않습니까?
인간들의 삶이란
시공간의 흐름 속에 안주해 있는
떠다니는 작은 배가 아니라,
그 흐름을 이루고 있는 물질과
정신을 구성하는 입자 하나하나에
매 순간 자극을 주는 기억화 작용 같은
조각 작품을 만드는 작업과 같은 것입니다.
사회가 가르쳐준 본성은
어떤 질서의식을 위해 맹렬히 질주하는
집단의식의 근성에서 생겨난 것입니다.
남의 시선을 의식하지 말고,
자신만의 방향을 가지고
자신의 질서를 위해 마음껏 뛰어보세요.

INTERNET

70. 나라는 존재는 수많은 타인들에 의해서 만들어진 존재이기도 합니다.

나라는 존재는 수많은 타인들에 의해서
만들어진 존재이기도 합니다.
나에게 존재하는 감각이나 이성을 이용하여
나에게 부딪혀오는 모든 현상들을
중간 지점에서 비축하고 판단하는
의식의 정류장이지요.
한마디로 타인과 이루어지는
수많은 교차점들에 의해서 생겨난
영역 속의 마음이라 할 수 있습니다.
자신의 인생의 방향은
바로 자신이 어느 곳을 향하고
어느 곳에 관심이 있는 지에 따라
다양한 변수와 함께 서서히 결정이 됩니다.
자신과 부딪히는 타인과의 반응이란
자신을 만들어가는 기초가 되기에
타인에게 해를 끼치지 말고,
항상 사랑을 베풀며 살아야 하는 것이죠.

71. 자신의 마음속에 존재하고 있는 여백은 무한대로 넓습니다.

자신에게 한계상황이 오는 경우가 있습니다.
더 이상 이 사회에서 비상할 수 없도록
가시 달린 울타리에 갇힌다는 것입니다.
생명체는 본능적으로 이런 상황에서
돌파하고자 하는 긍정적인 욕구가 생기거나
자포자기 하고 싶은
부정적인 충동이 생겨나길 마련입니다.
인간이란 존재는 무지(無知)한 동물과
전지(全知)한 신(神)과의 사이에 있는
중간자(中間者)입니다.
자신의 마음속에 존재하고 있는
여백(餘白)이란 것은 무한대로 넓기 때문에
사회생활에서 발생하는 한계상황이란
사실 인생 전체에서 아무 것도 아닌
다음의 도약을 위한 기초이며
반드시 넘어가야 할 계단에 불과합니다.
쓰지 않고 있는 여백을 마음껏 써보세요.

72. 자신을 사랑하면서 타인을 사랑하는 그런 사람이 되세요.

여신 아프로디테는 자신이 사랑한
아도니스가 멧돼지에 받혀 죽자
운명의 여신을 원망하며
그의 죽음과 슬픔을 영원히 간직하기 위해
그의 피를 아네모네,
즉 바람꽃으로 만들었다고 합니다.
여러분도 바람꽃을 만들어 보세요.
타인을 사랑하게 되면
자신의 사랑은 그와 더불어 커나가는
엮어진 공존의 형식을 가지고 있습니다.
그 사랑의 대상이
자녀이든, 친구이든, 이성이든, 가족이든
그들과 마음의 주파수를 맞추게 되면
자신의 마음속을 진동시키는
맑은 영혼의 울림을 느끼게 될 것입니다.
자신을 사랑하면서 꼭 타인을 사랑하는
그런 사람이 되세요.

73. 맑은 눈으로 세상을 보도록 노력하세요.

칸트(Kant)는 인간의 모든 지식은
경험을 초월할 수 없지만,
그러나 부분적으로는 선험하며,
신 중심적인 색체가 깃들어진 형이상학을
인간 중심적인 형이상학으로
바꾸려고 하였기에 존경을 받았습니다.
자신의 삶을 타인의 눈으로 보지 말고
바로 자기 자신의 주관적인 경험과 이성으로
판단하라고 사람들에게 외쳤던 것이지요.
자신이 혹시 학력과 재산과 같은
극히 속물 중심적인 눈으로
세상을 그렇게 보고 있다면,
하루 빨리 그러한 색안경을 벗고
맑은 눈으로 세상을 보도록 노력하세요.
왜냐하면 세상은 당신이 생각하는 이상으로
아름다운 향기를 풍기는
아주 맑은 곳이기 때문입니다.

74. 인식을 하는 자기와 인식을 당하는 대상 사이의 구별을 없애는 기회를 가져 보세요.

자신이 느끼는 모든 사물이나 현상들을
자신의 감각에 맞추어
통일된 개념을 찾으려 하는 것,
이것이 바로 동양의 유기체적 세계관,
물아일체(物我一體)적 우주관입니다.
사색과 명상을 통하여
범(梵)이라 불리는 우주의 중심생명과
아(我)라 불리는 개인의 중심생명을
일원화시켜 이 두 가지 사이에 벌어지는
끝없는 율동을 깨우치려는 것이지요.
여러분도 가끔은 자신이 느끼는
모든 감각을 초월하여,
인식을 하는 자기와 인식을 당하는 대상
사이의 구별을 없애,
모든 의식이 초의식 상태로 녹아버리는
동화과정과 같은 힘을 느껴보도록 하세요.

75. 자신만의 인생철학을 만들어 보세요.

맹자는 인간의 내면에 있는 선(善)을 불러내
인간의 본성을 순화시키려 했으며,
순자는 악(惡)이란 단어를 이용해
인간의 자발적인 수양정신을 강조했습니다.
여러분의 내면에 존재하고 있는
마음의 근원이 되는 에너지는
선(善)인가요? 악(惡)인가요?
아니면 상호 보완적인 통일된 힘으로
두리뭉실 인생을 이끌어 나가고 있는
타협에 두 발을 걸치고 있나요?
인터넷 속에 모든 정보를 손에 쥐고 있는
현시대의 우리들은
과연 어떤 철학을 가지고 살고 있을까요?
지식은 넓어지고 있으나
철학은 얇아지고 있는 것이 아닐까요?
자신만의 인생철학을 만들어 보세요.
마음의 눈이 생겨나게 될 것입니다.

76. 순수함으로 진실 어린 자신의 영혼을 찾으세요.

염산(HCL)이라는 강산을
수산화나트륨(NAOH)이라는 강알칼리인
양잿물에 넣으면 인체에는 무해한
소금물(NACL + H2O)이 나옵니다.
자연 스스로 서로 상반되는 성질로서
완충작용을 하며
균형을 맞추는 방법이 경이롭습니다.
인간들의 마음에도 항상 이런
두 가지 성질이 부딪히며 갈등을 일으킵니다.
자신의 마음 다스림이
서로 상극(相剋)의 부작용을 일으킬지
상생(相生)의 약효를 나타낼지 모르지만,
가장 중요한 것은
저 깊은 곳에서 나오는 순수함을
모든 과정의 기준으로 삼아야
보다 진실 어린
자신의 영혼을 찾을 수 있다는 것입니다.

77. 자신만이 간직한 자유의지를 가지고 세상을 변화시켜 보세요.

인간들은 제각각
자유로운 개인의식을 가지고 있습니다.
하지만 인간들의 개인의식이란
불확정성의 원리를 따릅니다.
개인의식의 자유스러움은
철저하게 보장된 상태이지만,
개인들의 의식은 사실
사회가 가지고 있는 집단의식이라는 것에
알게 모르게 영향을 받고 있습니다.
그런 집단의식을
올바른 방향으로 진화시키기 위해서는
개인들의
긍정적이고 적극적인 자유의지가
절대 필요합니다.
자신만이 간직한
자유의지를 가지고
세상을 변화시켜 보세요.

78. 효율적인 아이디어로 당신의 삶을 더욱 풍부하게 만들어보세요.

여러분들 마음속에
간혹 떠오르는 아이디어는
사실 당신의 두뇌에서
저절로 솟아나는 것이 아니라,
당신이 갈망하고 사색하는
그 기운의 힘으로,
우주가 가지고 있는 모든 정보에서,
로또 번호를 가진 볼이 튀어나오듯,
이 세상에 나오게 됩니다.
다시 말해 자신의 희망이
영감(靈感)이라는 수단을 이용하여,
이 우주가 당신에게 던져주는 것이지요.
항상 새로운 생각을 해 보려는
습관을 가져 보세요.
자신에게 쏟아지는 효율적인 아이디어들이
당신의 삶을 더욱 더
풍부하게 만들어 줄 것입니다.

79. 아름다운 타인의 삶을 가만히 들여다보는 습관을 가져보세요.

낯선 타인들의 삶이
아름답다고 느껴질 때가 있습니다.
자신이 느껴보지 못하거나, 경험해 보지 못한
것들을, 그들은 혹시나 가지고 있지 않나
하는 생각 때문입니다.
삶에 대한 개개인의 적응방식은 다릅니다.
그리고 그런 적응방식에 따라 변해가는
인간들의 습성도 다릅니다.
그런 이유가 바로 인간이란 존재를
더 아름답게 만드는 것이지요.
자신과 다른 타인의
생각과 행동을 비판하기 전에 항상
먼저 가만히 들여다보는 습관을 가져보세요.
그들만이 가지고 있는 독특함과 변수가
바로 이 사회의 다양함을 만드는 근원이기에,
그들과의 동화과정이 필요하다는
느낌이 생기게 될 것입니다.

80. 가식적인 호흡방식을, 완벽하게 한 번은 바꿀 필요가 있습니다.

삶을 살아가는데 있어서
어렸을 때부터 타인들에 의해,
알게 모르게 서서히 주입되어진
교육이나 생각들을 멈추고,
환경이나 사회적 분위기에 젖어 따라 하는
너무나도 가식적인 그런 호흡방식들을,
완벽하게 한 번은 바꿀 필요가 있습니다.
시간의 흐름을 묶어둘 수 없는
인간들의 삶은 짧기에,
자신의 창조적인 에너지의
원천을 찾기 위해
자신의 정신에 간섭을 일으키는 잡음들을
리셋 버튼을 누르듯, 없애버리고,
순순한 자신의 영혼을
일깨울 필요가 있다는 것입니다.
새로움을 찾으려는 당신의 영혼에
기회를 주어보세요.

남을 대할 때
자신을 대하 듯 하면
타인과의 갈등이
줄어들거나 사라진다고 합니다.
마음이 공평하면
세상이 넓어지고
마음이 편협하면
세상이 좋아진다고 합니다.
자신이 만들 수 있는 공간이
우주를 받아드릴 수 있을 만큼
무한대의 면적을 가진
블랙홀 같은 공간이 되시기를 바랍니다.

81. 자신의 인생 화두는 자신이 찾아야 합니다.

지금 이 시대의 흐름을 보면,
이 지구란 무대는 너무나도 자극적인
한 방향으로만 치닫고 있다는 느낌입니다.
물론 그런 이상한 기류를 느낀 많은 사람들이
세계 이곳저곳, 여러 분야에서 자신이 해야
할 일들을 찾아 노력하고 있습니다만,
모두가 물질 만능주의에 편승해
보이지도 않는 생의 푯대를 찾아
목표 없이 표류하고 있는 것 같습니다.
자신의 생활이 바쁜 일상생활에서
목적 없는 시계바늘처럼 반복되는
회전운동에만 전념하고 있는 것 같으면
궤도이탈이 때로는 삶에 도움이 됩니다.
비록 적자생존이란 법칙 속에서 탈락될까 봐
두려울 수도 있겠지만,
자신의 인생 화두(話頭)는 자신이
찾아야 하기에, 시도해 볼 만한 도전입니다.

82. 지구란 이 우주에 새로운 영혼들을 탄생시키는 자궁입니다.

인간들의 잘못된 자아와
커다란 욕심, 좁은 철학관들은
인간이란 존재를 이 지구의 암세포와 같은
존재로 만들 수 있습니다.
미래를 내다보는 거시적 안목을 버리고,
돈이라는 허물에 눈이 어두워져
모든 것을 계속 이탈하여 보게 된다면,
인간들이란 존재는 결국
암세포처럼 팽창하여 자신들의 모체인
지구를 죽음의 별로 만드는
멸종의 한 종으로 기억이 될 것입니다.
지구란 이 우주에 새로운 영혼들을
탄생시키는 자궁입니다.
인간들이 이런 자궁 속에서
예쁜 태아로 커 나가기 위해서는
어머니를 발로 차고 괴롭히는
그런 못된 짓을 그만 두어야 할 것입니다.

83. 영혼을 항상 보호하고 가꾸는 사람이 되세요.

자신의 생각과 타인의 생각들이
시대적 흐름에 맞게 변화되고 융합되면서,
인간들의 집단사유가 만들어집니다.
그러기에 자신이 가지고 태어난
생명력을 마음껏 즐기기보다는,
자신의 생명 속에 간직된
신비한 영혼을 키우는 것이 옳습니다.
비록 복잡하고 어려운 인간들의 삶일지라도,
자신의 존재 목적이
우주의 순간의 소모품이 아니라
올바른 영혼의 탄생이라는 사실을 안다면,
앞으로 우리가 어떻게 살아가야 할 것인가에
대한 물음의 해답이 나옵니다.
생명과 더불어 탄생되어 자라나는
신비한 무형의 기운,
영혼을 항상 보호하고
가꾸는 사람이 되세요.

HOTEL PARK

84. 삶의 무게를 영혼에 나누어 줄 수 있는 시간을 갖도록 해보세요.

사람들은 어렸을 적에는
동화세계나 만화세계를 접하며
이 세상과는 다른 세상의 존재를 꿈꿉니다.
하지만 성인이 되면서
서서히 그러한 꿈을 잊게 됩니다.
이 세계는 우리가 알 수 없는
영혼의 세계와 현실 세계가
거울의 양면처럼 공존하고 있지만,
우리는 성인이 되어가면서
거울 반대편에 있는 희망의 세계를
잘 보지 않으려 합니다.
당신이 지금 영혼에 대한 무게중심보다는
삶에 대한 무게중심에
더 비중을 두고 있다면,
삶의 무게를 영혼에 나누어 줄 수 있는
시간을 갖도록 해보세요.
당신의 삶이 더욱 더 가벼워집니다.

85. 자신이 간직한 향기를 은은하게 풍기는 인생을 사세요.

자신에게서 좋은 향기를 만들어내기 위해서는
자신이 가지고 있는 마개를
너무 오랫동안 열지 말고
은은하게 성숙되고 익어가도록
가만히 내버려둘 필요가 있습니다.
빨리 내보이고 싶고 남에게 자랑하고 싶고
무엇인가 빨리 이룩하려고 서두르다가는
완성되기 전에 마음속 바깥으로
서서히 빠져 나갈 수 있기 때문입니다.
오랫동안 간직해 온 자신만의 향기가 있다면,
삶의 의무와 어려움이 자신에게
어떤 긴장감을 일으키고 핍박을 하더라도,
결코 쉽게 자기 자신을 풀어헤치지 말고,
더욱 사람을 감동시킬 수 있는
향기의 근원을 지켜나가며,
오랫동안 향기를
은은하게 풍기시기 바랍니다.

86. 마음을 세상과 함께 공명시키는 종소리를 울려보세요.

불교에서는
만물을 깨우치는 네 가지 소리가 있습니다.
북소리는 네발 달린 짐승들을 깨우치고,
목어(木魚)는 물짐승들을,
운판(雲版)은 날짐승들을 위한 것입니다.
그리고 가장 크고 멀리 들리는 종소리는
천상천하와 지옥까지도 제도하는
해탈과 자비의 울음소리라고 합니다.
그리고 그 보다 더 중요한 소리는
바로 자신이 일으키는 마음의 소리입니다.
여러분들은 자신을 깨우치는
어떤 소리를 통해 마음을 세상과 함께 공명시키는
경험을 한 적이 있으십니까?
없으시다면 스스로 자신의 마음속에서
타인을 향해 종소리를 울려 보세요.
불교에서 말하는
작은 해탈을 맛보게 될 것입니다.

87. 여러분이 깨달은 순간부터, 여러분의 정신용량은 무한대로 넓어집니다.

마음속에 잔존하는
모든 이념과 사상을 송두리째 버려야,
넓은 바다가 어떠한 풍랑도 쉽게 받아들이듯,
마음속의 세계가 넓어지고 깊어지며
깨달음을 얻는다고 합니다.
자신에게 외부의 어떠한 자극도
넉넉히 포용할 수 있는
그런 공간이 있는 지 살펴보세요.
수백만 년 전에 출현했던
원시인들의 두뇌 용적은
현대인들의 약 삼분의 일쯤 된다고 합니다.
물질적인 뇌 용량을 키우는데
굉장한 시간을 소모한 셈이죠.
하지만 정신은 그렇지 않습니다.
여러분이 깨달은 순간부터,
여러분의 정신용량은
무한대로 넓어집니다.

AIA

88. 만물의 근원이 되는 빛으로 자신의 마음을 항상 밝게 유지하세요.

빛은 양(陽)이나 음(陰)의 성질도 없으면서
물질이 가지고 있는 정보와 에너지를
전달할 수 있는 우주의 유일한 매개체입니다.
빛이 입자와 파동이라는 양면성을 가지면서
이 세상을 입체적으로 그려 나가고 있기에,
아마도 가까운 미래에 우리에게
물질의 본질과 시공간의 비밀을 깨닫게 해 줄
정보가 바로 이 빛에서 나올 것입니다.
그런데 놀라운 것은
우리가 생각하는 우주의 이 어두운 공간은
빛의 근원이 되는 에너지로
가득 차 있다는 것입니다.
우리 인간들이 볼 수도, 느낄 수도,
깨달을 수도 없지만, 충만한 빛들이
항상 우리를 포근하게 감싸고 있는 것이지요.
만물의 근원이 되는 빛으로
자신의 마음을 항상 밝게 유지하세요.

89. 우리들의 영혼은 우주와 함께 진화하고 있습니다.

생명체가 진화하듯이 영혼 역시 진화한다는
사실을 아는 사람은 그리 많지 않습니다.
생명체는 다윈의 진화론처럼
각자가 속한 집단 간에 정보를 공유하며
각각의 종별로 진화합니다.
시간이 지날수록
체험적으로 얻은 환경이 육체를 변화시키며,
새로 터득한 정보가
육체적, 지적 능력을 증가시킵니다.
하지만 영혼은 그렇지 않습니다.
영혼은 빛의 성질과 비슷한
진화 방식을 따릅니다.
현실 공간과 초현실 공간을 연결하며,
우주의 경험과 지식을 보존하는
데이터와 매 순간 교환하며
전 우주와 함께 그물망처럼 연결되어
은밀하게 진화한다는 것입니다.

90. 다른 영혼에 작은 영향을 미치는 당신이 되세요.

자연은 참 무서운 것 같기도 합니다.
적자생존(適者生存)이라는 법칙 아래
경쟁관계에 있는 다른 생물들에 대한
공격성과 지배력이 있어야 살아남고,
자기를 보호하지 못하는 종들은 파멸에
이르게 만드는 얄미움을 가지고 있으니까요.
하지만 그런 것들이 우리 생명체가 누리는
완벽한 자유 때문에 생기는 현상이기에
슬픔이 덜 하기는 합니다.
모든 생명체들의 영혼이란 그물망처럼
서로 연결이 되어있는 구조를 가지고 있고,
그 그물망 구조는 지구상의 모든 영혼에
알게 모르게 작은 영향을 미치고 있습니다.
이 지구를 지배하고 있는 인간들이
좀 더 각성을 해야 하는 이유가
바로 지구에 큰 상처를 줄 수 있는
유일한 생명체이기 때문입니다.

91. 자신의 의식과 대화를 나누는 존재가 되세요.

정신분석학자 융은 꿈속에서
하얀 수염과 날개를 가진 이집트 풍의 노인을
자주 만났다고 합니다.
그 꿈속의 노인은 놀랍게도
독립된 인격체로 그와 대화를 나누었는데,
후일 융은
독립적으로 사건을 만들어나가며 자신의
의식과 대화를 나누는 자신의 무의식에게
피레몽이라는 이름까지 붙여주었습니다.
자신에게도 자신의 내면을
관심 있게 살펴보고 있는
그런 꿈속의 인격체가 있을지도 모릅니다.
삶이 어렵고 슬프더라도,
자신을 지켜봐 주고 있는
자신의 내면과 대화를 나누며
인생을 즐길 줄 아는
그런 존재가 되시기를 바랍니다.

92. 자신의 영혼이 사라지지 않도록 항상 깨어있는 삶을 사세요.

개인에게서 싹트는 개개인의 영혼들은
알게 모르게 융합되어
어느 집단이나 민족과 같은 거대한
의식의 융합된 정신을 형성하고 있습니다.
헌데 특이한 것은 이 집단 영혼은
개인 영혼과 맞물려 진화하면서도
항상 서로가 다른 영역을
따로 가지며 진화하고 있다는 것입니다.
그런데 이러한 영혼의 되먹임 시스템에는
한 가지 큰 비밀이 있습니다.
되먹임 시스템의 진화는 새롭게 깨우친
영혼들에 의해 주도되고 있지만,
일부 불필요한 영혼들은
영혼세계와의 융합과정에서 자연적으로
도태되거나 여과되어진다는 것입니다.
자신의 영혼이 사라지지 않도록
항상 깨어있는 삶을 사세요.

93. 자신에게 잠재되어 있는 아이디어를 감지하는 능력을 키워보세요.

집단의식의 접근방식은 바로 우리들이
일상생활에서 흔히 느끼고 있는
영감(靈感) 또는 아이디어입니다.
집단의식은 영감을 통해 인간들의
창조능력을 이끌고 있으며, 인간들의
생활 속에 교묘히 자리 잡고 있습니다.
영감이나 아이디어가 인간들의 의식진화를
이끌어 온 근원인 것이죠.
영감과 아이디어는 인체로 따지면
일종의 효소의 촉매작용과 같습니다.
하나의 아이디어가 또 다른 아이디어를 낳고,
그렇게 탄생된 또 다른 아이디어는
더욱 더 진보된 아이디어를 낳는 것.
기어의 맞물림 같은 현상이 진화의 원천입니다.
자신에게 잠재되어 있는
영감(靈感)을 감지하는 능력을 키워보세요.
세상의 이치가 눈에 보이게 됩니다.

94. 삶이 아무리 바쁘더라도 자신의 초인적인 기질을 잊어버리지는 마세요.

자신에게서 탄생 되는 의식들이
상호공조 상태로써 불협화음 없이
조화를 이루기 위해서는 자신에게 존재하는
자유로운 이성(理性)을
마음속에 내재된 감성과 결합시켜야 합니다.
철학자 니이체는 신은 죽었고,
나는 인간을 사랑한다 라고 외치면서
생물학적인 욕구와 본능에 의해 피폐해진
인간들의 삶을 지극히 사랑하기 위해
신과의 경계를 초인사상으로 지웠습니다.
인간 내면에서 흐르는 가치를
현실적인 삶에서 찾으려 한 것입니다.
우리 자신들 모두에게도
이런 초인적인 사상이 잠재해 있습니다.
삶이 아무리 바쁘더라도
자신의 내면에 깊숙이 존재하는
초인적인 기질을 절대 잊어버리지는 마세요.

95. 항상 깨어있는 자아를 가지고 세상을 사세요.

불교에서는 고제(苦諦), 집제(集諦),
멸제(滅諦), 도제(道諦)란 사성제로
인간들의 갈등을 해결하려 했습니다.
고제(苦諦)는 바로 자신과 자기 자신의 주변
에서 일어나고 있는 현상에 대한 궁금증이며,
그 궁금증에 대한 진리를 얻기 위해서 벌이는
개인의 집착을 집제(集諦), 그리고 그것을
해결하려는 인간들의 사색을 멸제(滅諦)라 했고,
마지막 도제(道諦)는 그러한 고통을
마음속으로 없애고 열반과 해탈을 경험한
마지막 인간의 도(道)를 말합니다.
항상 깨어있는 올바른 자아를 가지고
세상을 부처님처럼 살라는 가르침입니다.
자신에게 존재하는 내면의 신성함을 일깨워
세상이 주는 고통을 이겨내면
어떤 일이든 극복하며 받아드릴 수 있는
부처님과 같은 삶이 가능합니다.

96. 마음속 세계에 자신의 의지를 불어넣어 보세요!

양자 세계에서는
관찰자의 의식이 물질들의 반응에
영향을 미친다는 이론이 있습니다.
그것은 물리학자 하이젠베르크가 말한
불확정성의 원리로,
양자 세계에서는
물체를 관측하는 행위 자체가
그 물체의 속도와 위치를 바꿀 수 있다는 것입니다.
인간들의 개인의식들 역시
이 불확정성의 원리에 따릅니다.
자신들의 영혼의 위치와 진화의 속도가
바로 개개인의 관심과 노력과 집중력에 의해
매 순간 변하며 달라진다는 것입니다.
여러분들의 살아있는 마음속 세계에
자신의 의지를 힘껏 불어넣어 보세요.
자신이 원하는 방향으로
여러분들의 영혼이 움직일 것입니다.

97. 영혼의 영역을 넓혀 어떠한 자극에도 쉽게 흔들리지 않는 성채를 만드세요.

로마 가톨릭 교리 문답집에서는
영혼이라는 것을 육신 없이 살아가는 이성과
자유의지를 가지는 그 무엇으로 설명합니다.
즉 인간들이 만들어내는
어떤 의식의 영역을 말하는 셈입니다.
그런데 그 영역이란
소유자의 정신활동에 의해 커지고 넓어지며,
세상과의 이성적 교류와 진화에
아주 중요한 역할을 합니다.
자신의 직업이 무엇이든 간에,
그물망처럼 뻗어있는 영혼의 영역을 넓혀
어떠한 자극에도 쉽게 흔들리지 않는
자신만의 성채를 만드세요.
많은 노력과 시련의 과정을 통해
개개인이 스스로 무언가를 깨닫게 될 경우,
그 힘은 인류 전체의 정신을 일깨워주는
촉매 작용을 하게 될 것입니다.

98. 인간, 동식물뿐만 아니라 환경도 사랑하는 사람이 되세요.

제임스 러브록(James Lovelock)이란
과학자는 지구란 별을 생명체라고 확신하며
객관적이고도 세분화된 과학적 근거를 들며
많은 사람들에게 이야기했습니다.
마치 달팽이의 껍질 자체는 생명체가 아닌데,
실제로는 달팽이라는 생명체의
중요한 일부라는 사실을 비유하며,
이 지구의 지각이나 해양, 대기도 마찬가지로
생명체적 현상의 일부라며 대지의 여신이라는
가이아(Gaia)란 단어를 부여하였습니다.
이 지구에 살고 있는 모든 생물들은
자신의 환경을 구성하고 있는
물리적, 화학적 조건들을
균형 있게 바꾸어가며 조절하고 있는데
인간들의 행위는 파괴만 일삼고 있습니다.
가이아를 위해, 인간, 동식물뿐만 아니라
환경도 사랑하는 사람이 꼭 되세요.

99. 자신을 사랑하면 올바른 영혼이 당신의 마음속에 자리 잡게 될 것입니다.

심즉시불(心卽是佛), 마음이 곧 부처란 뜻입니다.
모두가 다 부처가 될 수 있다는 것입니다.
인간들의 의식체계는 나와 우주가 하나이고,
우주와 나와 항상 교감하며 반응하는
피드백 시스템으로 연결되어 있습니다.
다만 영혼보다는 기술과 돈만 앞세우는
현 시대의 이기적 풍토 때문에
철학적인 사상이나
영혼을 깨우치는 느린 방법들이
외면을 당하며 마음에서 멀어지는 것입니다.
바쁜 생활 속에서도
자기 스스로 자기를 사랑하고,
타인을 사랑하며, 만물을 사랑하게 되면,
결국 부처와 같은 올바른 영혼이
당신의 마음속으로 찾아와
불상처럼 가슴 중앙에
중심점처럼 자리 잡게 될 것입니다.

100. 말 없는 전 우주를 바라 보면 가벼운 미소가 지어집니다.

사춘기 때 필자는 파스칼의 팡세,
예언편에 나오는 첫 구절을 읽으며
작가와 일심동체가 된 기분이 들었습니다.
'인간의 맹목과 비참을 보고, 말없는 전
우주를 바라볼 때, 인간이 아무런 빛도 없이
홀로 남겨졌으며, 우주의 이 한 구석에 방황
하고 있듯이, 누가 자신을 거기에 놓았는가?
무엇 하러 그리로 왔는가? 죽으면 어떻게
되는가도 모르고, 모든 인식을 뺏기고 있는
것을 볼 때, 나는 잠든 사이에 황폐한 무서운
섬으로 데려와 져서, 깨어 보니, 자신이 어디
있는가?도 모르며, 거기에서 도망쳐 나올
수단도 모르는 사람처럼 공포에 떤다.'
헌데 지금 이 글을 읽으면
사춘기 때의 느낌이 전혀 들지 않습니다.
왜 일까요? 여러분들도 이제는
약간은 그 이유를 아실 것이라고 장담합니다.

자신의 육체가 건강할수록 영혼을 가꾸는 에너지가 더 커집니다. 육체는 철저하게 물리화학적 법칙을 따르지만 영혼은 차원을 넘어서는 순수함을 지니고 있습니다.

육체에 대한 원리를 과학적으로 파악하여 스스로 컨트롤 할 수 있는 능력을 키우면 영혼을 효율적으로 키우는데 큰 도움이 됩니다. 육체의 건강과 정신의 건강을 함께 공존하도록 노력하는 것이죠.

인체란 마치 거대한 바다 속과 같습니다. 엘리뇨 현상이나 라니뇨 현상을 일으키는 바다처럼, 인체는 미세한 온도나 전해질의 농도 변화에도 매우 민감하게 반응하며, 수많은 물고기와 미생물, 그리고 해초들이 깊은 바다 속에서 살아가고 있듯, 우리의 몸속에서도 역시 수많은 효소와 화학물질들이
혈액을 따라 순환하며 잠영(潛泳)하고 있습니다.

인체란 한 마디로 자연계에서 가장 완벽한 물리적, 화학적 법칙이 이루어지고 있는 장소이며 마음인 심(心)과 생명파인 기(氣), 그리고 육체인 신(身)

의 삼박자를 갖추고 생명체의 아름다움과 다양성을 창조하고 있는 곳입니다.

여러분의 몸을 이루고 있는 세포들은 희생정신이 매우 뛰어난 개체들입니다. 세포들 자기 자신은 분명 독립적인 존재로써 어떤 영역을 가지고 있으면서도, 우리 몸이라는 전체를 위해서 자신의 독립적인 자유를 희생시키며 우리의 몸을 외부로부터 지키고 있습니다. 세포들은 우리의 정신이 원하는 방향으로 조금씩 유전적 변화를 거쳐 진화되어 가는데 지금도 우리의 생각들이 몸 세포들에게 유전적 진화를 일으키게 자극을 주고 있습니다. 우리는 이러한 소우주 같은 육체를 진화시키며 영혼도 함께 창조하고 있습니다.

인체의 소프트웨어 역할은 호르몬이 합니다. 인체란 거대한 화학공장과 같습니다. 지구상에 존재하는 수많은 물질들을 이용하여 자신의 항상성을 유지시키는 데 필요한 물질들을 생명이 다 할 때까지 만들어내는 화학공장. 인간들은 그런 화학공장에서 만들어진 화학물질들에 의해 모든 인생의 시나리오를 써나갑니다.

기분이 좋을 때는 도파민이라는 기쁨의 샘물을 뿌려 감동을 체험하게 하고, 마음이 슬플 때는 세로토닌을 뿌려 슬픔의 감정을 이해하게 만듭니다. 낮과 밤의 활동에 따라 노르아드레날린을 많이 분비하거나 적게 분비하여 생활의 리듬을 만들고, 스트레스를 받으면 엔돌핀을 분비시켜 우울해진 마음에 활력을 불어 넣어 줍니다. 호르몬은 이렇게 본능을 만들고, 감정을 만들며, 욕망, 사랑, 성격까지 변화를 주는 요정의 지팡이와 같습니다.

바쁜 생활을 사는 현대인들은 간혹 신경의 과민반응이나 호르몬들의 원초적 역할로 육체와 마음을 크게 상하는 일들이 자주 있습니다. 특정한 감정이나 욕망에 지배되어, 육체와 정신의 균형이 깨뜨려진다는 것입니다. 그러므로 호르몬들을 가끔씩 스스로 조절하여 자신의 인생 템포를 조절할 필요가 있습니다. 그 방법은 호르몬이 마음을 움직이게 하는 힘이 아니고, 마음이 호르몬을 만들게 하는 힘이라는 점을 인지하면 됩니다.

간혹 세상을 현실적으로 보는 눈을 감고 돈과 전혀 관계없는 더 큰 세상을 생각하며 자신의 생각을 느리게 하여, 넓어진 마음을 저 우주 깊은 곳과 일치시켜 자신의 내부에 존재하고 있는 신성한 힘의 맥박을 느껴보세요. 자신에게 쏟아지는 어떠한 시련이나 슬픔 그리고 자신이 꿈꾸는 세상이 모두 자신의 마음먹기에 달려있고 이 세상이 어떻게 돌아가야 과연 올바른 세상이 되는 지 보이지 않았던 진실이 눈에 보이게 될 것입니다. 자신의 감정이 조절되기 시작하면 작은 세계에 갇혀있던 감각들이 깨어나 더 큰 세계를 느낄 수 있는 능력이 될 것입니다.

대뇌는 해부학적으로는 2개의 반구가 대칭입니다. 하지만 기능적으로는 좌우 비대칭입니다. 우반구는 대체로 감성을 만들어내는 직감력과 관계가 있습니다. 직감력이란 외부세계에 대한 정신적 반응을 말합니다. 시각과 공간에 대한 느낌, 그리고 음률과 같은 리듬들에 대한 반응이 뛰어나고, 외부현상에 대해서 풍부한 감정을 만들어냅니다. 그러므로 우반구가 발달된 사람들은 음악이나 미술과 같은 예술분야나, 다양한 감정적 기능을 필요로 하는 직업이 적당하며, 자신의 창조적인 능력을 이용하여 항상 무엇인가를 개발하려는 의욕을 가지고 있습니다.
좌반구는 우반구와는 다르게 이성을 만들어내는 분석력과 관계가 있습니다. 언어나 수학, 추상적인 능력이 우세하며, 인식 자체도 논리적이고, 모든 문제를 순차적으로 할 수 있도록 유도합니다. 좌반구가 발달된 사람은 과학자나 철학자와 같은 학문을 연구하는 분야가 좋습니다.
뇌의 이런 서로 다른 기능을 가지고, 일부 학자들은 좌뇌는 학습에 의해 발달되는 후천적인 성향을 가진 뇌이며, 우뇌는 조상으로부터 물려받은 기질이나 능력을 보유한 선천적인 성향을 가진 뇌라 말하기도 합니다. 하지만 사실 이러한 분석은 과학자들의 논리이고 가장 중요한 것은 우반구 좌반구 두 가지 뇌를 동시에 이용하여야 한다는 것입니다.
아무리 학교 성적이 좋은 사람일지라도 직감력과 감성력이 발달되지 못한 사람은 두뇌를 반쪽 밖에 못 쓰는 둔재입니다. 반면 양반구를 동시에 사용하는 사람은 창조적인 지혜가 매 순간 입체적으로 생겨나는 천재적인 정신활동을 하게 됩니다. 그러므로 항상 양반구가 모두 깨어있는 습관을 가지는 것이 중요합니다.

두뇌의 운용체계는 시각적인 면이 강한 기관입니다. 인간들의 모든 기억과 문제해결 방식들이 회화적으로 병렬 처리된 자료들에 의해 결정되어지고, 무의식 속에 잠재되어 있는 자료들 역시 영상정보로써 보관되어집니다. 뇌라는 곳은 사실 우리가 상상하지도 못 할 정도로 잠재적인 능력이 무한한 곳입니다. 하지만 인간들이 늙게 되면 70% 이상의 뇌세포는 죽게됩니다 . 물론 나머지 뇌세포로도 일상적인 생활을 하며 젊었을 때와 같은 사유능력을 발휘하기에는 충분하지만, 30%의 뇌세포를 가지고 의식이라는 신비한 힘을 운용하기에는 상당히 역부족입니다. 인간들이 사유하는 습관을 게을리하면 안 되는 이유가 바로 여기에 있습니다.

인간들의 뇌세포는 자신이 죽어가면서 이웃한 뇌세포들에게 정보를 물려주고 떠납니다. 젊었을 때 만들어진 탁월한 뇌세포는 늙어 죽어가면서까지 이웃한 뇌세포를 깨우고 떠난다는 뜻입니다. 그렇지만 두뇌의 신경세포들의 반응은 한 때가 지나면 병렬방식의 엄청난 처리속도도 느려지고 완벽했던 반응 시스템에 결손이 생기기 시작합니다. 인간들에게 닥친 생물학적, 심리학적, 사회학적 문제들을 해결하는데 어려움을 겪기도 합니다. 그러므로 인생에 있어서 가장 두뇌의 활동이 활발한 시기에 영혼이라는 불멸의 존재를 올바르게 탄생시키기 위한 많은 노력을 기울여야 합니다.

두뇌는 물질세계에서 살고 있는 우리들에게 우주와 연결된 정신세계의 현상에 반응하며 동시에 자유로운 의식을 만들어 주고, 마음이라는 현상을 시각, 감성적으로 표현하는 창조의 무대이며 정신의 발신지입니다. 우리의 존재는 혹시나 중력과 질량을 가지고 있는 홀로그램 우주에서 두뇌와 같은 프로그램에 의해 시공간이란 좌표 상에서 자신을 인식하고 있는 실제로 존재하지 않으나 존재하는 것처럼 느끼며 살고 있는 우주 프로그램 속 변수의 하나일 지도 모릅니다.

항상 도중에 만 존재해야 하는 생명현상 프로그램의 찰나 간의 반응에 불과한 미약한 존재일 수 있다는 것이죠. 하지만 우리의 존재가 중요한 이유가 있습니다. 바로 우리가 만들어내는 영혼들이

이 우주의 기억에 차곡차곡 새겨지고 있다는 것입니다. 그러므로 영혼을 만들어 가는 육체를 소유한 당신은 정말로 위대한 존재입니다.
지금 우리가 사용하고 있는 우리의 육체는 수백만 년을 통해 얻어진 유전학적 정보 위에, 또 다른 정보들을 발견하고 익혀가며, 과거보다 한 단계 더 진화된 의식을 꾸준히 만들어 나가고 있습니다.
우리들이 만들어 나가고 있는 개인의식들은 알게 모르게 집단의식에 융합되어 가고 있고 집단의식은 그 모체인 우주의 마음의 한 부분을 차지하며 새로운 창조를 위한 밑거름이 되고 있습니다.
서양의 소크라테스, 동양의 공자, 부처라 불리는 인도의 고타마 싯다르타는 모두 비슷한 시기에 태어난 성인들입니다. 대철학자이자 현자(賢者)인 그들은 인간들의 삶에 대한 근원적인 문제에서부터, 인간들이 스스로 다듬어야 하는 이성에 이르기까지, 인간들의 실존적 가치와 그런 가치를 부여하기 위한 규범들을 설법하고 전파해 많은 사람들을 깨우쳤습니다.
비록 그 이후에 한결 더 논리적이고 세분화된 가치

관들이 새롭게 탄생되어 가고 있기는 하지만, 원자 에너지를 이용하여 창조의 힘과 파괴의 힘을 동시에 안고 가는 현재의 인류는 지금 큰 갈림길에 와 있습니다. 앞으로 어떤 철학이 나타나 이 난세를 평정하게 해 줄까요?

여러분들의 참여가 필요한 시기가 된 것 같습니다. 자신이 만들어가고 있는 의식에 대해서 한번쯤 생각할 수 있는 여유를 가져 보세요. 자신의 두뇌는 의식의 진화과정을 위해 자연이 선택한 자궁입니다. 이 거대한 지구란 별은 개인들의 성공적인 영혼의 탄생보다도, 인류 전체의 정신적 성공을 지금 열망하고 있습니다. 소수의 과학자나 철학자 보다는, 전체 대중의 올바른 인간적 심성이 지구란 푸른 별의 위치를 높여 준다는 말입니다.

자신이 이 사회에서 간혹 방황하고 있다는 생각이 드시면, 가끔씩은 자신을 형성하고 있는 육체의 원리와 영혼의 탄생 과정에 대해서 틈틈이 생각해 보고, 자신이 만들어가고 있는 정신에 대해서 관심을 더 가지며 자신의 내면을 들여다보는 명상을 해야 합니다.

관심은 점차 작은 깨달음을 낳고, 이해되는 작은 원리들이 뭉쳐지기 시작하면 더 큰 원리들이 탄생되며, 후일 어느덧 자신의 마음속에 탄생되고 있는 진리의 모습을 서서히 보게 될 것입니다.

– 작가 후기 –

병원생활을 하면서 삶과 죽음 사이를 오가는 수많은 사람들의 고통스러운 모습을 보아왔습니다. 그리고 그런 생활 속에서 느껴지는 것 하나가, 개인들의 사상이 아무리 위대하고 독특하더라도 자신을 급습해 오는 질병이나 육체적 고통에는 불가항력적이라는 것입니다. 안타까울 따름입니다.

하지만 인간들은 정말 경이로운 존재인 것 같습니다. 대부분의 환자들이 그 어려운 고통들을 잘 이겨내거나 담담하게 받아들이며 올바르게 삶을 판단해 나간다는 것입니다. 육체보다 위에 있는 인간의 영혼을 겸허하게 느끼게 만들어 주는 순수한 인간들의 모습입니다.

그래서인지 오래전부터 인간들의 영혼과 마음에 대한 책을 쓰고 싶다는 생각이 들었습니다.

그리고 진료시간 외에 틈틈이 쓴 글들을 모아 비로소 이 책을 펴내게 되었습니다. 사고의 전환점을 일으키게 하는 순간이란 갑자기 찾아오게 됩니다.

같이 다니는 친구나 또는 직장 동료에게서 그런 자극을 받기도 하고, 책이나 영상매체를 통해 우연히 깨우치기도 합니다. 그렇게 느낀 감정과 생각들은 인생을 즐겁게 만들기도 하고, 자신에게 찾아온 찰나간의 영감이 이 세상을 바꾸게 만들 수 있는 엄청난 에너지를 전달해 주기도 합니다.

우리가 가지고 있는 생각의 공간이란 이 지구상의 모든 지식을 전부 다 받아들일 수 있을 정도로 무한하고 넓고 깊은 것입니다.

자기 자신의 마음만 욕심을 부리지 않고 잘 다스리면, 게걸스러운 이 세상을 조롱할 수도 있고, 자신의 느낌이 조절 가능한 허상임을 알면 희로애락을 스스로 극복하고 항상 행복감을 느끼기도 합니다.

인간들이란 태어난 것 자체가 이 세상을 창조할 수 있는 매개체로써 신성한 힘을 가지고 우주를 아름답게 만드는 영적인 동물이며 모든 '나' 들의 교차점입니다. 우리는 스스로 어려움을 이겨내며 스스로 영적 성장을 이룩해 내고 있는 우주에게 은혜를 베풀고 있는 존재입니다.

그런 중요한 존재임을 알 수 있게 지금까지 100가지의 작은 돌들을 독자들의 마음속에 던져 보았습니다. 과연 이 잔물결들이 나비효과처럼 큰 파도를 일으키고 퍼져 나가 독자분들에게 큰 바다를 볼 수 있게 만들 지는 모르겠지만 자기 자신이 왜 정말 소중한 존재인지는 독자분들 스스로 다시금 되새겨보시기 바랍니다. 감사합니다.